KB076884

네게 가장 의미

집의 감각
FEELING AT HOME

네덜란드에서 서울까지, 어느 공간 디자이너의 '집' 이야기

김민선 지음

그책

Contents

11

집의 감각

누구나 한 번쯤 이사한 적이 있을 거예요. 새집으로 이사한 첫날을 떠올려보세요. 모든 물건이 어제까지 사용한 것인데도 내 집이 아닌 듯한 기분을 느낀 적이 있을 거예요. 어색한 공기, 내 물건이 놓여 있지만 익숙하지 않은 위치. 하지만 시간이 흐를수록 공간은 가까워지고, 그렇게 집house은 나의 공간이 됩니다. '집home'이 됩니다.

집은 그 공간을 사용하는 거주자의 개인 취향이 반영된 곳입니다. 집은 개인의 역사와 인생 양식으로 채우는 무대 공간입니다. 각각의 요소는 서로를 연결하고 하나의 선을 그려나갑니다.

모든 물건에는 시간과 장소와 연결된 특별한 기억이 담겨 있습니다. 기억이 선명하거나 흐릿하거나 차이는 있지만 경험에 얽힌 기억은 하나의 연속된 선으로 이어져 서로에게 영향을 줍니다. 과거의 기억은 현재를 경험하는 사물이나 공간과 밀접한 관계를 이룹니다. 과거의 기억과 현재의 경험이 조화를 이루는 것은 공간을 구성하는 중요한 요소가 됩니다.

저는 이사를 하면 공간과 친해지려고 노력합니다. 늘 해왔던 행동을 하거나 평소에 사용하는 물건을 이용합니다. 저와 가장 친밀한 맥북, 의자, 책상에서 시작해 제 주변으로 물건들을 확장하거나 습관처럼 하던 행동을 반복하는 겁니다. 그러면 어느 순간 어색했던 공간은 나만의 집이 됩니다. 다른 예를 들어볼게요. 제가 쓰는 책상에는 '월요일'이라는 이름의 키 큰 식물이 있습니다. 매주 월요일 아침, 저는 '월요일'에 물을 주는 일로 한 주를 엽니다. 평소 습관인 '물 주기'를 새로운 공간에서 반복하면 어느새 '집'이 됩니다.

집은 타인의 삶이 공유되는 곳이기도 합니다. 가족과 함께 저녁을 먹는 식탁은 친구의 결혼 소식을 나누는 장소가 됩니다. 소파에 비스듬히 누워 텔레비전을 보는 거실은 친구들과 사소한 혹은 심각한 논쟁을 벌이는 장소가 됩니다. 집은 개인의 삶뿐만 아니라 내가 속한 작은 사회를 반영하는 곳입니다.

저는 네덜란드에서 4년을 보내며 다섯 번 이사를 했습니다. 두 개의 여행용 가방만으로 충분했던 짐은 점점 늘어났습니다. 소지품이 늘어나는 동안 저는 이 나라의 거주자가 되었습니다. 계약이 끝날 때마다 '집'이라고 불리는 새로운 곳으로 이사했습니다. 그때마다 새로운 공간에서 적응해야 했습니다. 저는 그것을 '집의 감각'으로 부릅니다. 새로운 지역으로 이사를 가면 '집의 감각'을 찾으려고 산책을 나섰습니다. 집은 집 안의 공간만이 아니라 집 밖의 공간이기도 해서 동네를 산책하는 일은 그곳과 친해지는 데 필수입니다. 지도 없이 동네를 천천히 걷는 것만으로도 그곳을 이해하는 데 도움이 됩니다. 이웃의 분위기는 어떤지, 길의 형태는 어떤지, 어떤 가게가 어디에 있는지, 무언가를 사야 할 때 어디로 가야 하는지 등의 정보를 자연스레 알게 됩니다. 산책은 동네의 또 다른 지점을 발견하는 선물입니다. 이웃이 잘 가꾼 멋진 정원과 아이들이 보도블록에 분필로 그린 알록달록한 낙서를 만나는, 그런 예상치 못한 재미 말이죠!

저는 도시에서 무엇을, 언제, 어떻게 경험했는지가 내가 누구인지를 알아가는 과정이자 도시를 이루는 부분이라고 생각합니다. 나의 정체성(어디서 어떻게 자라고 생활하는지)과 나의 친밀함(얼마나 그 지역에 소속되어 있는지에 대한 감정)도 도시의 일부분인 것이죠. 자전거로 오가던 학교 가는 길, 마트에 갈 때마다 지나치던 작은 분수대, 치즈 케이크와 식빵이 맛있는 작고 오래된 빵집, 담쟁이덩굴로 뒤덮인 모퉁이 건물…… 새로운 도시에 이방인으로 잠시 머물렀던 저에게도 모든 장소가 '집에 있다'는 느낌을 주는 경험으로 남아 있는데, 그곳에서 오래 살아온 거주자들에게는 얼마나 많은 장소가 커다란 기억으로 남아 있을까요? 그 장소들이 얼마나 소중하게 다가올까요?

우리가 사는 동네에서 '집에 있다'는 느낌을 만드는 과정은 개인의 삶이 얼마나 안정적으로 정착하느냐의 문제입니다. 삶을 풍요롭게 하는 건강한 요소들이 그 지역에 존재한다는 의미이기도 합니다. 인적 요소는 건강한 지역 공동체가 꾸리는 모임으로 형성될 수 있습니다. 누구나 쉽게 접근할 수 있는 공유 공간과 자연 자원 같은 물리적 환경은 거주자들의 삶을 지원하고, 나아가 새로운 이주자들이 정착하는 데 도움을 줍니다.

이 이야기는 2013년부터 현재까지 진행하고 있는 〈집에 관한 참여 워크숍Home for a moment〉으로부터 시작되었습니다. 개인의 삶을 통해 거주자들의 삶의 방식을 관찰하고 '집'이라는 공간의 본질적 요소를 찾는 리서치 프로젝트입니다.

첫 시작은 낯선 도시에서 이방인으로 살아갔던 '나'를 이야기의 대상자로 설정하여 '편안함'을 주는 공간 요소를 찾았습니다. 집이란 대문을 열어야 시작되는 집 '안'의 장소를 넘어 집 '밖'의 장소이기도 합니다. 따라서 범위나 요소(형식)에 구체적인 제한을 두지 않고 참가자를 만났습니다. 참가자는 워크숍의 시작인 '나'의 이야기를 듣고 준비된 툴 키트(다양한 형태를 가진 입체 도형 블록으로 쌓거나 연결하는 도구)를 사용하여 자신이 '집'이라고 느끼는 요소를 만들며 참여합니다. 그렇게 2백여 명의 사람들을 만났고, '집'에 관한 140여 개 이야기를 모았습니다. 그 수많은 이야기를 30개 키워드로 정리했습니다. 대화의 기록마다 참가자들의 과거(기억), 현재(일상의 삶), 그리고 아직 존재하지 않지만 가능성을 잔뜩 품은 여러 이야기가 담겨 있으니 기대해주세요.

이 책은 '집의 감각'을 주제로 한 관찰 에세이입니다. 네덜란드, 독일, 밀라노, 서울에서 열린 워크숍, 저의 생각을 담은 글, 그리고 여러 도시를 여행하며 도시와 일상의 이면을 포착한 사진으로 이루어져 있습니다. 30개의 키워드는 '집의 구성원'을 시작으로 '현관'을 통해 '집 안'을 거쳐 '집 밖'의 시선으로 연결됩니다. 다양한 사람들과 나눈 집에 관한 대화가 우리가 살고 있는 삶을 돌아보는 계기가 되기를 바랍니다.

좋은 공간은 좋은 경험을 가져다준다고 믿습니다. 그 경험은 삶을 바꿀 수 있습니다. 이 책을 통해 나만의 삶을 담은 '집' 이야기를 들려줄 또 다른 사람들을 만나기를 기대합니다. 다양한 집의 모습이 더욱 많아지기를 소망합니다.

21

1

Family

가족

이북에서 내려온 할아버지와 결혼한 외할머니는 슬하에 1남 2녀를 두셨다. 첫째 딸이었던 어머니의 어렸을 적 기억에 할아버지는 근검절약이 늘 몸에 밴 분이었다고 한다. 한국 전쟁 중 곧 돌아올 수 있다고 생각하며 남쪽으로 내려온 분 중에 한 사람이었던 할아버지도 북쪽에 다른 가족을 두고 계셨다. 그래서 할아버지는 다시 통일이 되면 만날 그 가족들 생각에 본인의 월급 중 일부는 그들을 위해 모아두셨다고 한다. 할아버지에게 가족이란 혈연이라는 관계와 더불어 물리적인 거리의 차이를 인정하고 시간을 함께 보내고 있는 사람들이다. 그리움이라는 과거의 추억을 가지고 있는 가족, 그리고 현재의 일상을 함께하는 가족, 그 사이. 하지만 언젠가 (통일이 되면) 미래를, (어쩌면) 함께할 수도 있는 사람들이지 않았을까. 그리고 그 두 가족을 책임져야 한다는 의무감을 계속 마음 한 구석에 가지고 계셨던 것 같다.

할아버지가 두 가족을 평생 품고 사셨던 것처럼 4년간의 네덜란드 유학 생활 동안 나에게도 근거리에 거주하며 서로의 일상을 공유하고 안부를 물어주는 또 다른 가족이 있었다. 그들의 따뜻함과 환대는 타지 생활에서 오는 외로움과 쓸쓸함을 해소해주며 큰 버팀목이 되어주었다. 타지에서 알게 된 사람들은 친구 이상의 의미였는데, 새로운 가족과 알기 위해 시간과 노력이 필요했던 것처럼 처음으로 가족과의 관계에도 시간이 필요하다는 것을 깨달았다. 서로가 서로를 잘 알 수 있는 시간을 허락해야만 가족도 진짜 가족이 될 수 있다. 서로에게 기꺼이 시간을 내어주고 잠시만 바라봐줄 수 있는 시간이면 된다.

자주는 아니었지만 한국과 네덜란드를 오고 갈 당시, 서울에서 새벽 1시경에 탄 비행기는 11시간이 걸려 암스테르담에 도착했다. 그리고 그곳은 내가 출발한 같은 날인 새벽 5시경이었으니 11시간을 날아도 같은 날이었다. 시차를 극복하려면, 짐을 풀어 가지고 온 물건들을 정리하고 식사를 준비하면서 이곳 생활로 돌아오기 위해 여기의 물건들, 환경 그리고 친구들과 떨어져 있었던 동안의 어색함을 풀고 다시 친해지기 위한 시간을 내어주어야 한다. 천천히 다시 일상으로 돌아오기 위한 생활의 근력을 만들어가는 거다. 그래서 '시간을 내어준다'라는 건 기꺼이 무엇인가를 기다려준다는 말 같다.

유학 생활을 마치고 귀국한 뒤, 얼마 있지 않아 오랜 연애를 끝내고 결혼을 했다. 우리는 가족이 되어 서로에게 생긴 또 다른 새로운 가족을 맞이했다. 각자의 자리에서 묵묵히 최선을 다하는 일상이 계속됐다. 큰 어려움 없이 일로 바쁘게 지내던 2019년 늦여름, 어머니가 갑작스럽게 암 선고를 받으며 우리 가족은 힘든 시간을 보냈다. 그럼에도 불구하고 크게 낙담하지 않고 지낼 수 있었던 건 각자 자신의 자리에서 가족이라는 이름으로 버텨 준 덕분이다.

　그렇게 한차례 폭풍우가 지나가고 우리는 함께 살기 위한 집을 마련
했다. 아파트 생활권이지만 도심에서 조금 벗어난 곳이었다. 집과 가까운
곳에 운동할 수 있는 산이 있고 차량 이동이 많지 않아 번잡하지 않은 마
을이었다. 출퇴근 시간은 예전보다 길어졌지만 조금 서두르면 될 일이었
다. 무한할 줄 알았던 부모님의 시간에 오만을 부렸던 나에 대한 반성의
결과였고, 가족과 함께 더 많은 시간을 보내기 위해 내린 결정이었다.

　떨어져 지냈던 시간만큼 우리 가족은 서로에게 틈틈이 더 시간을 내
어주고 있다. 출근 전 짧은 아침 인사로, 퇴근 후 하루 일상의 공유로, 주
말이면 다 같이 모여 함께하는 저녁 식사로. 천천히 서로를 알아가는 과
정에는 꾸준함과 유연함이 필요하다. 시간에 비례하며 쌓이기도 하지만
그렇지 않을 수도 있다. 그래서 서로의 자리에서 포기하지 않고 있어주는
것만으로도 위로가 된다.

　평범한 일상을 소중하게 만들어주는 사람들, 시간에 의해 맺어진 사
람들, 그들은 가족이다.

2

People Whom I Love,
Who Are Around Me

내가 사랑하는, 내 주변의 사람들

"당신이 누구와 함께 있느냐에 달려 있어요. 나는 저
사람들과 함께 있다면 어디서든지 집에 있다고 느껴요.
내가 어디에 있는지는 중요하지 않아요. 주변 사람들이
집에 있다는 느낌을 만들어주니까요."
— 마틴 오스튼스Martin Oostens, 30대, 네덜란드

"집의 느낌은 사람으로부터 와요.
장소 때문이 아니에요."
— 줄리아 마냐니Giulia Magnani, 30대, 이탈리아

"책을 읽는 아내를 볼 때면 이곳이 집이구나 싶습니다."
— 클라우디아 & 디디에Claudia & Didier, 50대, 네덜란드

집은 외부로부터 안전한 공간이다. 벽과 지붕으로 보호받는 건축물이다. 하지만 이것만으로는 집을 온전히 설명할 수 없다. 집을 설명하는 데 반드시 필요한 안락함과 아늑함은 집을 구성하는 사물, 구조, 재료 등 물리적 요소만으로는 설명하기 어렵다.

집을 떠올릴 때면 나는 방문 너머 들리는 밥 짓는 소리가 생각난다. 재료를 손질하려고 칼로 도마를 두드리는 소리, '밥이 다 되었어요'라고 알려주는 압력밥솥 추가 돌아가는 소리, 구수한 된장찌개 냄새가 공기 중에 실려 온다. 학원에 가지 않는 날에는 어머니가 준비한 저녁식사를 온 가족이 식탁에 둘러앉아 먹곤 했다. '풍성한 저녁식사'라는 말이 떠오르는 시간, 사랑하는 가족과 한자리에서 저녁을 먹는다는 건 정서적 만족감을 안겨준다.

우리 집에 변화가 찾아온 건 내가 대학에 들어가면서부터였다. 학교 앞에서 자취를 시작한 나는 주말에만 집에 들렀고, 그마저도 제때 지키지 못했다. 어느새 집은 잠시 잠을 자러 가는 곳이 되어버렸다.

대학교 4학년이 되던 해, 어머니는 입시학원에서 상담교사로 일하며 전업주부에서 직장인이 되었다. 학원의 특성상 점심에 나가서 밤늦게 돌아오는 일이 일상이 되면서 늘 환하게 불이 켜져 있던 부엌은 캄캄해졌다. '살아 있다'고 생각했던 우리 집은 어느새 무생물 같은 존재가 되었다.

네덜란드에서 보낸 첫해, 지금은 가구 디자이너이자 작가로 활동하는 닌케Nynke의 부모님 댁에서 보낸 연말의 조촐한 파티를 잊을 수 없다. 그 집은 학교를 다니던 헤이그에서 1시간 거리에 있었다. 크리스마스 다음 날인 12월 26일, 작은 선물을 사서 기차를 타고 가던 설렘이 지금도 잊히지 않는다.

아담한 정원이 딸린 3층 집에 들어서자 친구의 부모와 남동생, 그리고 고양이 두 마리가 나를 반겨주었다. 우리는 더치식으로 볼 키스를 세 번 나누고, 여섯 집 건너 살고 있는 외할머니까지 도착하며 식탁에 모여 앉았다. 아기자기한 크리스마스 장식과 아시아 문화에 관심 많은 어머니가 모은 작은 불상들이 오묘한 조화를 이루고 있었다. 프랑스 레스토랑에서 셰프로 일하는 남동생의 요리로 즐겁게 식사를 마친 우리는 가벼운 대화를 나누었다. 그러다 누군가 틀어놓은 캐럴에 맞춰 친구 부모와 외할머니가 노래를 불렀다. 쑥스러운 표정 속에 천진난만함을 잊지 않은 그들을 보며 자연스레 한국에 있는 가족이 떠올랐다. 그날의 따스한 공기는 내가 알고 있던 친구의 다른 면을 발견하게 해주었다. 늘 당차고 대범한 그녀가 아이처럼 수줍게 웃으며 그들을 바라보고 있었다.

프랑스의 정신과 의사 외젠 민코프스키는 「공간, 친근감, 주거」라는 글에서 집의 성격을 프랑스어 어법의 범위에서 '친근감'이라는 키워드로 연구했다. 그에게 집은 단순한 공간 영역을 넘어 인간관계로 확장된다.°

"친근감이 생기는 집이란 그런 곳을 소망하고 자기 주변에 편안한 분위기를 만들 줄 아는 사람이 사는 집에 사용하는 표현이다. (……) '집'은 책과 잡동사니, 기쁨과 슬픔과 계획으로 채워진다. 그리고 친근한 분위기를 우선시하여 좋아하는 친구와 가까운 이들에게 개방하면서 함께 삶을 일구고 살기 좋은 집을 만들려는 노력으로 채워진다."°°

네덜란드의 겨울은 오후 4시면 해가 저물고 오후 6시면 상점들이 문을 닫아 거리에는 적막이 흐른다. 이곳 사람들은 집 밖보다 집 안에서 무언가를 만들어 먹는 데 익숙하다. 사람들을 집으로 초대해서 저녁을 만들어 먹거나 각자 음식을 만들어 누군가의 집으로 모이곤 한다. 그렇게 집이라는 공간을 공유하면서 사람들과 친밀해진다. 예전에 읽었던 어느 책의 글쓴이는 한 달에 한 번 토요일 점심 식탁을 가까운 지인들에게 개방한다고 했다. 특별히 약속하지 않아도 그 시간은 누구에게나 열린 공간이 된다. 그 시간은 집을 개방한 글쓴이와 지인의 점심 식사 자리가 되기도 하지만, 주변의 좋은 사람들끼리 연결되는 만남의 자리가 되기도 한다.

○   오토 프리드리히 볼노, 이기숙 옮김, 『인간과 공간』, 에코리브르, 2011, 195쪽. 원문은 외젠 민코프스키(E.Minkowski), '공간, 친근감, 주거(Espace, intimite, habitat. in:Situation)', Utrecht/Antwerpen: Spectrum, 1954, 172쪽.

○○   오토 프리드리히 볼노, 이기숙 옮김, 『인간과 공간』, 에코리브르, 2011, 198쪽. 원문은 외젠 민코프스키, '공간, 친근감, 주거', Utrecht/Antwerpen: Spectrum, 1954, 180쪽.

어머니의 병이 조금씩 호전되고 식사가 예전보다는 나아지면서 가까운 가족과 친구들을 초대하는 자리를 마련하곤 했다. 전화로 메시지로 마음으로 함께 걱정해주고 위로해주신 분들과 함께 하는 시간이 참 따뜻했다. 그리고 어느 주말 저녁, 남편에게 가까운 미래의 작은 소망을 살짝 털어놓았다. 한 달에 한 번, 집으로 사람들을 초대해서 점심을 같이 먹으면 좋을 것 같다는 얘기를. 처음엔 낯을 많이 가리지만 사람 챙기는 마음이 세심한 그는 좋은 생각이라며 적극적으로 찬성해주었다. 그리고 한자리에 앉아 식사할 사람들끼리 서로 불편하지 않게 해주면 좋겠다며 우리가 참석 인원을 예상할 수 있을 방법이 있을지 고민해주었다. 우리는 내친김에 주방과 거실 사이 벽을 없애고 호스트와 게스트가 마주하는 형식의 오픈 주방에 대해 적극적인 상상을 이어갔다. 이러한 계획은 보통 꼬리에 꼬리를 문다.

그 시간이 서로 안부를 묻는 자리가 되었으면 한다. 하지만 가끔은 안부를 묻는 일이 상대방에게 폭력이 되는 경우가 있다. 오랜만에 만나 반가워서 나도 모르게 의례적으로 던지는 질문들이 상대를 곤란하게 만들 수도 있다. 나 역시도 인지하지 못하는 사이에 누군가에게 그런 말을 뱉은 적이 있으리라. 서로의 안부가 서로에게 경쟁적이지 않았으면 한다. 우리가 마주 앉아 '우리 모두 비슷하게 살아가고 있구나' 하고 이야기를 나누는 자리가 되었으면 좋겠다. 좋은 사람들과 삶을 채우는 일을 게을리하지 말아야겠다.

3

Front Entrance

현관

건축에서 현관이란 주택 정면에 낸 출입구를 말한다. 외부에서 내부로 들어가려면 반드시 통과해야 하는 장소, 반대로 내부에서 외부로 나갈 때에도 반드시 통과해야 하는 장소다. 현관은 내부를 외부와 구별하는 특별한 공간이다. 신발을 벗고 실내로 들어가는 우리나라 주거 환경에서는 관리하기 쉽도록 현관과 홀의 단 높이를 70~120mm 차이를 두고 마감재를 구분한다.

이와 달리 현관과 홀의 단 차이가 없는 네덜란드의 집은 현관 입구에 도어매트를 둔다. 벽에는 신발을 털고 외투를 걸어두는 행거가 있거나 이곳 사람들이 즐겨 이용하는 자전거와 생활용품이 수납되어 있다. 네덜란드의 현관은 도로와 맞닿아 있는 경우가 많다. 그래서인지 문을 잠시 열어놓고 이웃과 대화를 나누는 모습을 볼 수 있다. 이곳에서 현관은 사회적 역할을 감당하는 사교적 공간인 셈이다.

공적 세계와 사적 세계 사이에서 절반은 공적이고 절반은 사적인 중간 영역을 만들어서 공간을 미묘하게 구분하기, 그것이 네덜란드 건축의 특징이다. 중간 영역에는 벤치가 놓여서° 이웃과 담소를 나누고 햇볕을 즐기며 지나가는 여행객이 쉬기도 한다.

○   에드윈 헤스코트, 박근재 옮김, 『집을 철학하다』, 아날로그, 2015, 126쪽.

나에게 현관은 기다림의 공간이었다. 초등학교 시절, 나와 친구들은 시간을 정해서 같이 등교했는데 늘 한 친구가 늦곤 했다. 나와 친구들이 살던 아파트는 복도식이었는데 친구를 기다리다가 지쳐서 친구 집으로 올라가면 늘 현관문이 활짝 열려 있었다. 친구 어머니는 우리 보고 현관에 들어와 기다리라고 하신 후 친구를 채근했다. 지금 생각해보면 아파트 복도가 더 넓은데도 친구 어머니는 우리가 현관 경계선을 넘어서 집으로 들어와 기다려야 안심하셨던 것 같다. 친구가 평소보다 더 늑장을 부리면 집 안까지 들어가서 기다리기도 했는데, 그때마다 거실에서 과일을 먹거나 요구르트를 마시며 친구의 일거수일투족을 눈으로 쫓았다. 그래서인지 지금도 복도식 아파트를 만나면 그때의 추억이 떠오른다.

우리나라의 일반적인 주거 형태인 아파트는 평면의 진화에 따라 외형도 달라져왔다. 판상형, 타워형, 복합형 등 형태에 따라 승강기에서 대문까지의 구조도 달라진다. 승강기에서 대문까지, 즉 우리가 복도라 부르는 이곳은 공용 면적으로 간주하는데, 같은 층의 모든 세대가 복도를 공유하는 복도식, 같은 층의 두 가구가 승강기를 중심으로 마주하는 계단식, 같은 층의 세 가구 이상이 승강기를 중심으로 배치된 복합식으로 나눈다.

우리나라 사람들은 현관을 공적 공간보다 사적 공간의 확장으로 간주하는 편이어서 바깥에서 사용하는 물건(자전거, 유모차 등)을 놓거나 곧 처리할 물건(일반 쓰레기, 재활용 쓰레기, 택배 상자)을 두는 공간으로 사용하는 편이다. 최근에는 안전과 미관상의 이유로 이마저도 허락되지 않는 듯하다.

공적 공간과 사적 공간을 분리하는 곳, 그러면서도 완충 역할을 겸하는 현관을 '중간 영역'으로 본다면, 현관은 거주자의 취향이 담겨 있으면서도 이웃을 배려하는 공간이 되어야 한다. 현관을 집 내부의 연장선으로 보고 공간을 대하면 공동 공간에서 생기는 마찰도 줄어들고, 간접적으로 이웃에게 작은 재미를 선물할 수 있는 곳이 될 수 있다. 이런 작은 배려가 공동 주택 생활을 조금이나마 유쾌하게 만들어줄지도 모르겠다.

4

A Routine

일상

집은 날마다 반복되는 생활을 담는다. 평범한 일상이 함께하는 집은 사용자에게 잘 맞는 옷과 같다. 새로운 곳으로 이사를 앞두고 다른 사람의 집을 방문한 적이 있다. 20년이 되어가는 아파트여서인지 집에는 세월의 흔적이 고스란히 남아 있었다. 사람이 나이가 들면 얼굴에 주름이 생기고 허리가 굽듯, 집도 나이를 먹으면 나무 바닥이 긁히고 새하얀 벽은 때가 타기 마련이다.

아주 짧은 방문만으로 공간을 제대로 파악하려면 기본 사항을 직관적으로 빠르게 읽어야 한다. 분양 당시의 환경을 그대로 간직한 곳이었지만 주인이 정성껏 가꾼 집을 만났다. 현관을 시작으로 집 안으로 발걸음을 옮기며 나는 타인의 일상을 그려보았다. 낮은 층이지만 정남향이어서 해가 잘 들고, 정면에 숲이 있어서 커다란 나무들이 창의 전면을 가득 채우고 있었다. 가구나 소품은 튀지 않았지만 정갈하고 기품 있었다. 꼭 맞는 자리에 놓인 물건들은 존재만으로도 빛이 났다. 자식들은 모두 장성하여 독립하고 지금은 노부부만 지내고 있는데, 한 곳에서 20년을 살았으니 수많은 이야기의 겹은 말할 필요가 없을 것이다.

안주인이 얼마 전 다리를 다쳤다며 휠체어를 타고 나를 맞이해주었다. 그래서인지 화장실은 물론 집 안 곳곳에 휠체어에서 내려 이동할 때 불편하지 않도록 돕는 안전 손잡이가 달려 있었다. 화장실에는 변기와 세면대를 감싸며 양쪽에 설치되어 있었고, 현관에서 부엌으로 가는 복도와 안방 벽에도 일정 높이로 보행을 돕기 위한 손잡이가 설치되어 있었다. 안주인의 불편함을 덜어주고자 했던 배우자의 세심한 마음이 그대로 전해졌다.

설계 단계에서 일반인을 비롯하여 노인, 어린이, 임산부, 장애인까지 사회 구성원 누구나 편리한 생활이 가능한 환경을 조성하기 위한 디자인을 '유니버설 디자인Universal Design'이라고 한다. 신체적 불편 또는 장애가 있는 사람을 고려한 물리적 환경 조성의 기준으로 '무장애 디자인Barrier-Free'이라는 개념은 한정적인 시각에서 벗어나 범위를 확대하여 유니버설 개념으로 발전하였다. 단차가 없는 입구, 휠체어 사용에 불편하지 않은 넓은 문과 복도, 쉽게 작동할 수 있는 문과 창문, 닿을 수 있는 높이에 설치된 스위치와 수납 공간 등의 적용이 주거 공간 설계에서 찾아볼 수 있는 예시다.

일상을 그린 영화로 2016년에 개봉한 영화 〈패터슨〉이 떠오른다. 영화는 미국 뉴저지 주의 소도시 패터슨에 사는 패터슨의 일주일간 일상을 보여준다. 버스 운전기사인 패터슨의 일상은 매일 비슷하고 평범하다. 비슷한 시간에 눈을 떠서 아내에게 달콤한 키스를 하고 손목시계를 차며 일어난다. 간단하게 시리얼로 아침을 먹고 집을 나선 후, 첫차 운행을 시작하기 전까지 차에서 자신의 비밀 노트에 일상을 시로 기록한다. 일을 마치면 아내와 저녁을 먹고 강아지 산책 겸 동네 바에 들러 맥주를 한잔하며 하루를 마무리한다. 이 영화에서는 공간을 담는 카메라 앵글을 매우 한정적으로 사용하고, 일상을 보내는 공간은 여러 번 반복되어 등장한다. 집 앞, 침대 위, 거실의 소파, 동네 바, 버스 운전석 등. 패터슨이 주로 이동하는 공간을 정지된 장면으로 보여주지만, 우리는 그 사이사이 생략된 패터슨의 일상을 어렵지 않게 연결하여 상상할 수 있다.

5

Habits

습관

매주 월요일 아침, 여느 때처럼 출근 준비를 하며 화분에 물을 주었다. 남편이 결혼 전부터 기르던 작은 식물의 이름은 '월요일'이다. 소중한 친구에게 받은 선물이어서 물을 주는 걸 잊지 않으려고 붙인 별명이란다. 그래서일까. 우리 부부는 월요일 아침에 늦게 출근하는 사람이 이 미션을 수행한다.

이렇게 시작한 '월요일들'이 어느새 다섯 개가 되었다. 처음에는 익숙하지 않은 일이어서 물을 주는 시기를 놓치기도 했지만 지금은 월요일 아침마다 식물에게 물을 주는 일이 당연한 루틴이 되었다. 습관은 일상적으로 반복되는 행위다. 매일 살고 있는 집이라는 공간에서 각자의 습관이 차곡차곡 쌓이면 '집'은 내 몸에 딱 맞는 옷을 입은 것처럼 편안해진다. 집에 살고 있는 거주자의 생활 방식이 곳곳에 묻어나는 집, 그런 집을 우리는 좋은 집이라고 불러야 할 것이다.

좋은 습관은 나와 사물이 맺고 있는 관계에서 비롯된다. 그 습관은 공간에 어떻게든 존재하기 마련이어서 거주자의 습관에 따라 사물이나 공간이 새로 만들어지거나 변화한다. 혹은 공간 장치를 통해 좋은 습관이 만들어지기도 한다. 거주자에게 알맞은 공간을 마련하기 위해 기존의 설계를 변형시킬 수도 있다.

정답이 딱히 없는 전문직 자영업의 숙명 때문일까. 네덜란드에서 생긴 습관이 지금까지 이어진 까닭일까? 나는 일과 쉼의 경계가 따로 없다. 일이라고 불리는 행위가 나에겐 쉼을 주고 쉼이라고 생각한 시간이 영감이 되어 다음 프로젝트에 필요한 시간이 된다. 기획서를 만들거나 기본 설계 구상을 하는 프로젝트의 초반 단계는 공간의 경계 없이 작업하는 편이다. 눈을 떠서 노트북을 켜면 그곳이 일터가 된다. 침대든 소파든 바닥이든 앉거나 기댈 수 있는 곳이면 어디든지 일터가 되는 것이다.

나에게 집은 쉼을 위한 공간이자 일터다. 지금의 집으로 이사 오기 전, 분리된 작업 공간이 필요해서 거실 한편에 한 사람이 겨우 앉을 만한 작은 입식 공간을 마련했다. 폭 45cm, 길이 1.5m의 좁고 기다란 책상으로, 입구에 놓인 책장 뒤 공간을 활용하기 위해 다리와 상판을 공간에 맞춰 따로 제작했다. 책상 아래에는 수납을 고려해서 기존 책상보다 높게 제작했는데, 그러다 보니 높낮이 조절이 가능한 의자를 두었다. 발밑에는 현관에서 사용하는 캐러멜 색 가죽 신발 벤치를 놓았다. 많은 시간을 앉아서 작업하다 보니 어깨와 목이 구부정한데 약간 높은 높이로 만든 책상에 앉으면 저절로 목과 허리를 곧추세우게 된다. 책상 한쪽은 여러 권의 책과 잡동사니가 수북이 쌓여 있다. 비록 작지만 온전히 집중할 수 있는 나만의 공간이었다. 코로나19로 모두에게 잊을 수 없는 해가 된 2020년. 사무실로 출근하지 않은 기간만큼 대부분의 일을 집에서 해결했다. 우리의 경우 두 가족이 함께 살게 되면서 주거 공간 면적이 우리 부부만 살 때보다 훨씬 넓어졌다. 침실 외 작업 공간으로 쓸 수 있는 방도 하나 더 생겼다. 거실 한 편에 마련했던 나만의 업무 공간은 독립된 방이 생기면서 더 아늑해졌다. 출퇴근 시간이 없어지니 여유롭게 일을 시작할 수 있었다. '엎어지면 코 닿을 곳'이라는 말은 바로 이럴 때 쓰는 걸까. 일터와 집의 경계가 사라진 만큼, 하루를 시작하는 시간과 그날그날 해야 하는 일들을 지키려고 노력했다. 하루는 전기 포트에 물을 올리고 따뜻한 물을 마시는 일로 시작된다. 오전 10시 전에는 방문을 열고 들어가서 의자에 앉는다. 오전 시간에 집중해서 해야 하는 일을 먼저 끝낸다. 하루에 한 끼는 온전히 준비하는 시간을 들여 천천히 먹고 함께하는 시간을 보낸다.

습관을 만드는 일은 지루하지만, 시간이 지나고 나면 뿌듯하다.

6

Chairs,
Right Next To Each Other

서로 나란히 붙어 있는 의자

나는 유난히 의자를 좋아한다. 누구를 만나든 '의자 예찬론'을 펼친다. 아무리 작은 원룸이라도 다양한 의자를 사용해보라고 권한다. 의자는 형태에 따라 우리의 행동을 다르게 만들어준다. 행동이 달라지면 공간을 풍부하게 활용할 수 있다.

의자는 작은 공간을 지루하지 않게 만들어준다. 의자라는 가구가 또 하나의 장소가 된다. 의자는 어떤 가구보다 개인적이다. 수많은 디자이너와 건축가 들이 또 다른 자아로서 자신만의 의자를 디자인한 이유도 여기에 있을 것이다.

아파트는 겉모습뿐만 아니라 실내를 구성하는 요소도 비슷하다. 온 가족이 모여 텔레비전을 보거나 손님을 맞을 때면 주로 거실을 사용한다. 거실은 집에서 가장 큰 방이자 일상이 주로 이루어지는 곳이다. 일반적으로 거실에는 소파가 놓여 있다. 그러나 우리는 소파에 앉아 텔레비전을 보는 데 집중한다. 편안한 자세로 누운 채 텔레비전을 보는 사이 우리는 눈을 마주하고 대화하는 법을 잊어버렸다.

나는 소파 대신 한 사람만 앉는 다양한 1인용 의자가 여러 개 놓인 거실 풍경을 꿈꾼다. 입식과 좌식 문화가 혼용된 우리의 거실 문화는 2-3인용 소파가 벽을 등지고 일자로 마주하거나 L자형으로 1-2인용 소파나 카우치형 소파를 놓는 것이 일반적이다. 그 소파에 앉아 우리가 하는 일은 텔레비전을 보는 것이다. 거실 규모에 따라 ㄷ자형이나 ㅁ자형 배치가 가능하다면 소파를 마주보고 의자를 선택할 수 있을 것이다. 만약 거실이 작으면 소파나 카우치를 최소화하고 1인용 의자를 다양하게 사용하기를 바란다. 공간 대응이 쉬운 건 물론 한 자세로 오래 앉는 나쁜 습관도 고칠 수 있을 것이다.

1인용 의자는 각자의 앉는 취향을 존중해준다. 쉼을 제공하고 모두 모여 앉을 수 있는 배치가 가능하다. 가족 중 한 사람이 먼저 앉으면 다음 사람은 상대와 적당한 거리를 두고 시선을 유지하는 옆 의자에 나란히 앉는다. 더 편안하게 대화를 나누고 싶다면 다른 1인용 의자로 이동하면 된다. 이와 달리 다인용 의자를 지칭하는 소파와 카우치는 여러 사람이 나란히 앉을 수 있지만 개인 공간을 확보하는 게 어렵다. 무엇보다 소파는 자연스럽게 등을 기대게 만들어 장시간 앉아 있거나 눕게 되어 건강에 좋지 않다. 한 자세를 오래 유지하는 건 어떤 형태든지 몸에 좋지 않다. 의자에 앉는 것은 인간의 몸과 어울리지 않아서 가능하면 의자에 앉지 않고 서기, 걷기, 쪼그려 앉기, 눕기, 걸터앉기, 기어 다니기, 기마 자세, 양반다리 등 다양한 형태로 계속 움직여야 한다.° 하지만 우리는 대부분 누워 있거나 서 있거나 앉아 있다. 하루의 3분의 1을 누워 있다고 간주하면 나머지 시간은 대부분 앉아 있는 게 사실이다. 사무실에서 8시간 이상 앉아서 일하고, 퇴근 후에는 다시 앉아서 운전하고, 대중교통을 이용할 때도 앉으려고 애를 쓰고, 집에 도착해서도 곧바로 앉은 채 시간을 보내다가 눕는다. 다양한 의자를 사용하는 건 실내 분위기는 물론 몸이 기억하는 다양한 자세를 취할 수 있다는 점에서 건강한 생활 습관을 기르는 일이다.

그렇다면 바로 실천하는 건 어떨까? 평소 마음에 품었던 의자를 선택한다. 가급적 집에서 사용하는 디자인과 다른 스타일이면 좋겠다. 다음 월급날에 그 의자를 기분 좋게 구매하고, 집에서 가장 자주 머무는 공간에 놓는다. 시간을 들여서 자신의 일상을 관찰하는 것도 권한다. 자기만의 '앉다'라는 개념을 새로 만들어서 자신에게 잘 맞는 의자를 만드는 것도 가능하다. 새로 놓은 의자와 기존에 사용하던 의자를 번갈아 사용한다. 집이 한결 넓어진 기분을 느낄 것이다. 우리 몸도 새로운 시도를 반길 것이다.

○ 갤런 크렌츠(Galen Cranz), "의자(The Chair: Rethinking Culture, Body and Design)". New York: Norton, 1998, paperback 2000.

7

Indoor Sunlight

실내 채광

"창문으로 들어오는 빛을 받으며 거실 중앙에 있는 소파에
앉아서 쉬어요. 낮에는 조명을 켜지 않아요. 커튼을
열어두거나 가벼운 소재의 커튼을 사용해요. 이곳 날씨는
비가 자주 오는 등 좀처럼 예측할 수 없거든요. 해가 있는
곳이 바로 집이에요."

— 안드레 알레스Andre Alres, 40대, 네덜란드

집을 짓거나 선택할 때 우리는 유독 남향을 선호한다. 채광 때문이다. 대한민국의 위도상 남향집은 고도가 낮은 겨울에는 빛이 집 안 깊이 들어오고 고도가 높은 여름에는 빛이 얕게 들어온다. 집에 해가 비치는 시간이 다른 방향보다 길어서 오랫동안 밝고 따뜻하다. 그래서 아파트도 판상형의 3베이°가 인기 있다.

오후 5시, 결혼 후 두 번째 살았던 집은 서향이라 해가 질 무렵에 빛이 집 안 깊숙이 들어온다. 계절이 여름을 향할수록 해는 길어진다. 이 시간이면 몇 해 전 일본 여행에서 사온 마네키네코°°의 팔이 분주하게 위아래로 움직이는 소리가 난다. 모든 게 넉넉해지는 시간이다. 한낮에 내리쬐는 햇볕보다 지는 해가 더 좋다. 해가 지는 모습은 계속 보아도 지루하지 않다. 늦은 오후에 방으로 깊숙이 들어오는 빛이 내겐 참 소중하다.

우리 부부는 결혼 후 세 번 이사를 했다. 그중 두 번째 집은 신축한 다세대 주택으로 공간이 자그마해서 발코니를 확장하지 않아도 거실 창으로 햇빛이 들어왔다. 프라이버시를 이유로 이중창 안쪽에는 불투명 소재의 시트지를 붙였는데, 주로 안쪽 창문을 열어두고 블라인드를 오르내리며 채광을 조절한다. 오전부터 해가 질 무렵까지는 자연 채광으로도 충분하다. 비가 내리는 날이나 이른 새벽에도 조명을 켜지 않아도 적당한 분위기가 유지된다.

○　3-bay, 방 두 개와 거실이 연달아 배치된 구조.
○○　복을 부르는 고양이. 태양열로 움직인다.

동향이었던 첫 번째 집도 신축한 다세대 주택이었는데, 일률적으로 찍어내듯이 만들어낸 집이 아니어서 보자마자 마음에 들었다. 수익성과 삶의 다양성을 짜임새 있게 고민한 건축가의 노력이 엿보였다. 기존의 다세대 주택은 세대마다 같은 위치에 창문이 있는데, 이 집은 한 세대당 좁고 긴 두세 개 창을 가졌다. 한정된 땅에서 여러 세대를 지어야 하는 까닭에 채광의 평등은 불가능했지만 우리 집에는 다른 집보다 큰 창문이 있어서 좋았다. 그럼에도 채광에 대한 아쉬움이 커서 다음 계약까지 연장하지 않았다. 집에서 종일 작업하는 날도 많아서 오후에 실내로 들어오는 채광이 중요했는데, 새벽과 오전에만 들어오는 햇빛이 늘 아쉬웠다. 건물을 가로막은 다른 건물이 없었는데도 오후에는 늘 조명을 켜놓고 생활해야 했다. 때로는 작업에 집중하는 데 도움이 되었지만 낮과 밤이 구분되지 않는 생활 조건은 건강에 좋지 않았다.

공동 주거에서 창문은 경제성과 효율성을 이유로 계획 과정에서 일률적으로 설계된다. 창은 해와 바람의 통로이자 건물의 얼굴이다. 이렇게 모인 여러 얼굴이 우리가 살고 있는 도시를 대변하니 창호 계획은 결코 단순화시켜서는 안 된다.

첫 번째 집과 두 번째 집에서의 경험은 집을 선택할 때 우리만의 기준을 갖게 해주었다. 우리 부부의 생활 방식을 돌아보는 기회를 주었다. 지금 내가 살고 있는 집을 찬찬히 살펴보자. 지금 집을 선택한 이유를 생각

해보자. 부동산, 교육, 교통…… 기준이 무엇이든 우리의 삶을 풍요롭게
하는 방향으로 바뀐다면 집을 바라보는 시선도 변화할 것이다. 부디 삶의
질을 기준으로 집을 바라보는 거주자들이 많아지기를 바란다.

65

8

A Carpet On The Floor

바닥에 깔린 카펫

"집을 계약하고 남편과 저는 바닥 재료를 고민하다가
라미네이트 마루°로 결정했어요. 이사 보름 전에 직접
바닥을 깔았죠. 거실이 반듯하지 않아서 어려웠지만 잘
마무리했어요. 그런데 이사하고 시간이 지났는데도 편안한
느낌이 들지 않았어요. 고민하다가 거실 중간에 카펫을
놓았죠. 소파와 테이블은 카펫 주변으로 배치했어요.
그렇게 하고 나니 공간이 안정적이고
따뜻하게 느껴졌어요."
— 쟈네트 준-몬쇼우어Jeannette Zoon-Monshouwer, 50대, 네덜란드

○ 강화마루로 불린다. 강한 압력을 가해 나무 모양 결이 새겨진 바닥재로 시공이 간편하
고 내구력이 강하다.

네덜란드에서 생활했던 학생 아파트는 부엌과 화장실을 제외한 바닥 전체에 카펫이 깔려 있었다. 카펫은 진공청소기로 관리하기에 용이했지만, 음식이나 음료 때문에 생긴 얼룩이 지워지지 않아서 애를 먹었다. 유럽은 기본적으로 실내에서 신발을 신고 생활하며 바닥에 카펫을 깐다. 카펫은 장식적 측면도 있지만 집의 온도를 유지하는 역할을 한다. 우리가 바닥재를 모노륨 장판(취향에 따라 마루, 타일을 사용하기도 한다)으로 사용하듯이 이곳에서는 카펫이 그 역할을 한다. 카펫은 신발과 지면의 마찰을 줄여 거주자의 피곤함을 덜고, 소재 덕분인지 공간에 친밀함을 더한다.

카펫은 특정 공간에 부분적으로 사용되면 또 다른 하나의 장소로 인식되기도 한다. 카펫을 적절하게 사용하면 그곳으로 시선이 집중되면서 또 다른 공간이 생기는 것이다. 카펫을 통한 '공간 만들기'는 거주자에게 편안함과 여유를 주고, 시각적 경험은 물론 소재에서 느껴지는 촉각을 통해 공간 감각을 확장시켜준다. 공공 공간에서도 카펫은 효과적이다. 도서관이나 공항의 탑승 라운지처럼 열린 공간에서는 카펫을 부분적으로 사용하는 것만으로도 공간을 분할시켜 사용자에게 편안함을 안겨준다. 그리고 직물 소재의 특성상 주변의 소리를 흡음하여 높은 층고임에도 불구하고 조용하고 안정적인 환경을 조성한다. 물론 유지와 관리 면에서의 까다로운 부분도 있지만, 언제나 선택에는 양면성이 있다. 공간의 기능에 맞게 디자인이나 재료를 선택했다면, 가꾸고 돌봐야 하는 수고로움도 피할 수는 없다.

결혼하고 우리 부부의 보금자리였던 첫 번째 집은 바닥, 벽, 천장이 단순한 재료인 노출 콘크리트와 나무로 마감된 곳이었다. 덕분에 정형화된 아파트 모습이 아니어서 반가웠다. 짜인 각본에 우리의 생활을 맞추는 게 아니라 삶을 그대로 집에 담는 설렘이 느껴졌다. 때마침 그즈음 한국에 들어온 이케아IKEA 덕분에 우리는 손쉽게 잔디 카펫을 구매해 조금은 건조한 집의 풍경을 활기차게 바꿀 수 있었다. 확실히 카펫에는 특정 영역을 만드는 힘이 있다. 긴 직사각형 구조의 거실에 카펫 하나만 놓았을 뿐인데 텔레비전을 보며 휴식을 취하는 방에 또 하나의 방이 만들어진 기분이었다.

어릴 적 내가 살던 집을 떠올려본다. 어머니는 여름이면 왕골자리를 거실 중앙에 깔았다. 더운 날이면 땀에 젖은 살갗이 바닥에 닿아서 일어날 때마다 '쩍~' 소리가 나면서 허벅지가 찌르르했던 기억이 난다. 그래서인지 여름이면 온 가족이 왕골자리 한구석을 차지하려 애쓰곤 했다. 계절이 겨울로 넘어가면 어머니는 왕골자리를 짧은 모毛의 화려한 패턴의 카펫이나 바느질 선이 촘촘히 보이는 면 카펫으로 바꾸었다. 나는 거기에 앉아서 상을 펴놓고 숙제를 하거나 밥을 먹었다. 생각해보면 겨울에는 아늑하다는 이유로 소파보다는 카펫에서, 방보다는 거실에서 주로 시간을 보낸 것 같다.

어린 시절부터 체득한 습관이 남아 있어서일까, 아직도 집에서 가끔은 거실에 있는 카펫에 앉아 밥을 먹는다. 밥과 반찬이며 식사를 일일이 쟁반에 담아 옮겨야 하는 수고로움을 감수하면서까지 그렇게 한다.

　의자나 소파에 앉을 때보다 카펫에 앉아 바라보고 느낄 때 공간은 더욱 고요하다. 자연스럽게 시선은 낮아지고 우리의 몸은 지면과 가까워진다. 시선이 이동하면 주변 사물과 환경의 크기가 달라진다. 나와 같은 위치에서 친숙함을 주던 환경이 나를 압도하는 환경으로 변화하며, 인간은 자연스럽게 겸손해진다. 벽과 천장으로 분산되던 소리도 바로 앞의 바닥으로 부딪혀 돌아오는 탓에 낮고 명쾌하다. 집 안에서 카펫은 장식적인 측면이 크지만 아늑한 분위기를 만들고 서로의 거리를 가깝게 좁혀주는 힘이 있음이 분명하다.

9

A Views Through Windows

창문 밖 시야

나는 아파트 키드다. 그동안 내가 바라본 바깥 풍경은 언제나 같은 크기, 같은 형태였다. 창문으로 바라보는 외부 세계는 내가 알지 못하는 세상을 간접적으로 경험하는 통로다. 하지만 건너편으로 보이는 누군가가 결국 나와 비슷하다는 사실을 확인하는 일은 어쩐지 씁쓸하다.

창문은 기능적으로 햇빛을 안으로 들이고 공기 순환을 도우며 바깥과의 소통을 매개한다. 창밖을 바라보는 행위는 창을 경계로 제각기 다른 속도로 흐르는 시간을 감각하는 일이다. 우리는 바람에 흔들리는 나무를 관찰하거나 잠시 멍하니 있기도 한다. 나와 풍경을 매개하는 작은 공간, 그곳이 창이다.

어느 날 우연한 계기로 서울식 전통 한옥인 운경 고택°에서 전시를 관람했다. 평소 일반인에게 공개되지 않았던 이곳은 25년 만에 두 공예 디자이너의 전시를 통해 약 한 달간 개방되었다. 운경 고택은 행랑채, 사랑채, 안채로 이루어져 있고 사랑채와 안채 사이에 연못이 있는 내정이 마련되어 있다. 사랑채는 운경 선생 생전에 수많은 동료와 선후배 정객이 드나들며, 한옥 사랑채의 역할을 제대로 수행한 몇 안 되는 공간으로 평가

○ 운경 이재형 선생이 1953년부터 작고할 때까지 머물던 곳. 인왕산 자락에 자리 잡은 사직단이 내려다보이는 곳에 위치한 전통 서울식 한옥이다. 행랑채, 사랑채, 안채로 이루어져 있다. 사랑채와 안채 사이에 연못을 가진 내정이 마련되어 있다.

받고 있다. 운경 이재형 선생의 평전에서 발견한 어느 기자의 글은 그 당시 사랑채의 모습을 간접적으로 체험하게 해준다. 차와 음식을 함께 나누며 시대를 논하던 그 공간에서의 추억은, 부인 유갑경 여사가 정성스레 준비한 음식을 향한 그리움이기도 했노라 기자는 고백한다. 그리고 그는 규합총서[1809년(순조 9년) 빙허각 이씨가 엮은 가정 살림에 관한 내용의 책, 한국민족문화대백과]에 나온 글을 가져오며 유 여사의 상차림을 빗대었다.

"밥은 봄같이, 국은 여름같이, 된장은 가을같이, 술은 겨울같이."

밥은 따듯하게, 국은 뜨겁게, 장은 서늘하게, 술은 차게 즐겨야 제맛이라는 뜻이다. 나는 눈앞에 마주한 사랑채에 잠시 앉아 열려 있는 창문 너머를 바라보았다. 제집에 찾아온 이들에게 정성껏 차려준 상에 담긴 사계절을 생각했다.

그날 나는 한옥의 창과 문의 가치를 몸으로 느낄 수 있었다. 한옥의 창과 문은 집 밖과 집 안의 경계를 자연스럽게 무너뜨린다. 집 안에 있지만 집 밖에 있는 기분을 동시에 느낄 수 있다. '차경借景'이란 말이 있다. 말 그대로 경치를 빌린다는 뜻이다. 자연이 만들어내는 풍경은 인위적이지 않다. 매일 새롭다. 차경은 풍경을 잠시 빌린다는 의미이지만 그것은 눈으로 보는 것을 넘어 창문 너머를 경험한 느낌으로 확장된다. 집 안에 있지만 집 밖의 풍경도 느낄 수 있는 적극적인 개념이다. 소유하지 않아도 자연 그대로의 아름다움을 집으로 들여온다는 점에서 선조들의 지혜로움을 엿볼 수 있다.

운경 고택을 둘러본 이후 나는 '근대 한옥 답사'를 나서게 되었다. 첫 답사지로 필운동 홍건익 가옥°°을 방문하던 날이었다. 기상예보와 달리 갑작스레 비가 쏟아졌다. 우산을 가져오지 않은 나는 대청마루에 앉아 시간을 보내기로 했다. 느지막한 오후, 흙바닥으로 빗방울이 천천히 떨어지며 툭 툭 소리를 냈다. 늦여름의 비 냄새가 나쁘지 않았다. 옆방에서는 문화 프로그램이 열리고 있었다. 사람들의 대화 소리가 한지 바른 창호를 통해 마루까지 전달되었다. 맞은편 열린 창호의 프레임을 통해 돌로 쌓은 낮은 담과 별채가 보였다. 뒤로 돌아앉으니 방금 걸어온 작은 마당과 사랑채가 보였다. 비는 이내 서서히 잦아들고, 프로그램도 끝이 났다. 닫혀 있던 문이 활짝 열리며 내가 머물던 대청마루와의 경계가 허물어졌다. 창호가 출입구 겸 창문 역할을 하는 한옥의 특징이 고스란히 느껴졌다.

아파트 창문으로 내다보는 도시의 모습이 지루할 때면 한옥에서 보던 풍경을 회상한다. 지금 우리의 창밖 풍경은 화려하지만 너무 가난하다.

°° 1930년대 지어진 근대 가옥. 서울에서 보기 드문 공간 구조와 잘 보존된 원형 석조 우물과 일각문을 볼 수 있다. 지금은 공공 한옥으로 대중에게 개방되었다.

10

TV On

켜져 있는 TV

"학교에서 돌아오면 바로 텔레비전을 켜요. 좋아하는 프로그램을 찾으려고 채널을 이리저리 돌리죠. 게임도 종종 해요. 플레이스테이션 같은 거요. 제가 보고 싶은 걸 볼 수 있는 시간은 그리 길지 않거든요."

— 에산 보스톤-맘마Essan Boston-Mammah, 10대, 네덜란드

"부모님에게서 독립한 지 4년 정도 되었어요. 친구들과 살다가 나 혼자 산 건 얼마 되지 않아요. 퇴근하고 돌아오면 소파에 앉아서 저녁식사를 하거나 차를 마시며 텔레비전을 봐요. 잠자리에 들기 전까지 언제나 텔레비전이 켜져 있어요."

— 안느 반 비헤Anne van Veehe, 20대, 네덜란드

아침에 일어나서 물을 한 잔 마시고 텔레비전을 켠다. 잠을 깨기 위한 무의식적인 행동이다. 밤사이 일어난 사건 사고 뉴스를 전하는 아나운서의 조금은 상기된 목소리는 아직 잠이 덜 깬 나를 깨우는 알람 소리다. 그렇게 5-10분의 시간을 흘려보내고 샤워를 하고 화장을 할 때도 텔레비전은 켜 있다. 네모난 스크린에 분 단위로 적혀 있는 시계가 출근을 재촉한다. 퇴근하고 집에 들어오자마자 내 손은 리모컨을 집어 든다. 텔레비전은 가족 구성원이자 가족을 구성하는 환경˚이다.

주로 거실이나 침실에 놓이는 텔레비전은 주거 공간에서 거실 배치를 달라지게 만들었다. 우리는 텔레비전을 보려고 소파를 배치한다. 한쪽 벽면에 텔레비전과 장식장이 있고, 맞은편에는 3-4인용 소파가 있다. 한쪽에는 넓은 전면 창이 열려 있고, 거실 중앙은 넓게 비어 있다. 거실과 적절하게 연결된 곳에 식탁이 놓여 있고 뒤로 부엌이 보인다.˚˚

텔레비전은 가족을 한자리에 모이게 하지만 서로의 의사소통을 단절시키는 이중 역할을 한다. 때로는 외로움을 달래주지만 단절감을 안겨주기도 한다. 거실 풍경은 텔레비전을 중심으로 고정된다. 그런데 서울에서 워크숍을 진행하며 만난 50대 참가자는 전혀 다른 경험을 소개해 주었다.

○   노명우, 『텔레비전, 또 하나의 가족』, 프로네시스, 2008, 147쪽.
○○ 전남일, 『집 – 집의 공간과 풍경은 어떻게 달라져왔을까』, 돌베개, 2015, 39쪽.

"공간을 배치하기 나름이에요. 우리 가족도 모이면 텔레비전만 봤어요. 그런데 거실 배치를 바꾸니까 어쩔 수 없이 사람을 마주보면서 얘기하게 되었어요. 공간 배치나 아늑한 분위기를 만드는 일이 가족 간의 소통에 중요하다는 걸 느꼈어요. 공간과 사람이 밀접한 관계가 있다는 걸 알았지요."°°°

텔레비전 없이 보낸 네덜란드의 밤은 유독 길었다. 동절기에는 해가 일찍 저물어 집에서 보내는 시간이 더욱 길었다. 그 시간을 견디며 나는 새로운 취미를 갖게 되었다. 책 읽기와 글쓰기. 책을 읽고 글을 쓰는 시간은 침묵으로 채워진다. 매일 찾아오는 기나긴 밤이 기다려졌다. 흘러가는 매 순간이 소중했고 하루하루 쌓이는 날이 설레었다. 화려한 미디어 상자에 마음을 뺏기는 일을 뒤로하니 자연스레 주변 소리에 관심을 갖게 되었다. 오늘의 어떤 생각은 다음 날로 이어졌다. 텔레비전에 나오는 다른 사람을 따라하는 대신 나를 관찰하게 되었다. 그제서야 집의 소리가 이렇게 다양하다는 사실을 깨달았다.

○○○ 'Home for a moment' https://youtu.be/B4oaFOV8CTs

81

11

Kitchen

부엌

부엌은 집에서 가장 활기 넘치는 곳이다. 집의 다른 공간에 비해 부엌에서는 서 있는 시간이 길다. 시각, 후각, 청각을 자극하는 것들이 모여 있다. 축제를 앞둔 전야제의 소란, 소풍 가기 전날 밤의 들뜸, 음식을 베푸는 사람과 기다리는 사람의 설렘…… 부엌은 그런 기분을 잔뜩 품은 곳이다.

초등학교 시절 우리 가족이 살았던 아파트는 음식을 만드는 공간과 먹는 공간이 분리되어 있었다. 음식을 만드는 부엌은 一자 형태로 조리대와 개수대가 벽면을 따라 배치되었다. 중앙에는 두세 사람이 식사하는 공간이 있었다. 하지만 그곳이 현관에 붙어 있어서 서늘한 바깥공기를 피하기 위해 우리 가족은 미닫이문을 열면 나오는 거실 겸 침실에 밥상을 펴놓고 바닥에 앉아서 식사를 했다.

중학교에 입학하며 신도시 아파트로 이사를 했다. 그곳은 음식을 만드는 공간과 먹는 공간이 하나여도 괜찮았다. 조리대와 개수대는 여전히 벽면을 따라 ㄱ자로 배치되었지만 돌아서 몇 발자국만 걸으면 4인 가족용 테이블과 의자를 놓을 수 있는 공간이 있었다. 하지만 공간이 넉넉했어도 식사를 준비하는 어머니의 '뒷모습'만 볼 수 있었다.

여성의 전유물처럼 여겨지던 부엌은 이제는 남성도 쉬이 드나드는 공간이 되었다. 음식을 만드는 사람이 고립되지 않도록 가족이나 식사를 같이하는 사람과 대화를 나누는 구조로 변형되었다. 지금은 쉽게 볼 수 있는 아일랜드 형식의 서브 조리대는 음식을 준비하는 사람을 배려한 공간이다. 기존의 조리대와 850~900mm 통로를 두고 설치하면 두 사람이 동시에 이동해도 불편하지 않다.

내가 종종 찾아가는 홍대 앞 비건 식당에는 가게 중앙에 오픈 주방이 있다. 공정 무역으로 들여온 재료를 가지고 계절마다 다른 메뉴로 채식 요리를 꾸리는 이 식당의 매력은 오픈 주방에서 나오는 자연스러운 소란스러움이다. 오픈 주방을 따라 만든 바bar는 조리 과정을 일일이 눈에 담을 정도로 주방과 가깝다. 재료와 재료의 만남, 재료와 도구의 만남이 가져다주는 화음이 타악기 연주만큼 아름답다. 음식을 준비하는 사람과의 '마주함' 때문일까. 평소 자주 접하지 않는 음식인데도 정겹고 따뜻하다.

이런 부엌을 꿈꾼다. 기분 좋은 소란이 자연스럽게 묻어나는 부엌. 비록 집에서 밥을 먹는 일이 드물어서 부엌의 안부를 물어야 하지만 주말만큼은 직접 요리하려고 노력한다. 돌이켜보면 내가 요리를 시작한 것은 네덜란드에서 '생존'하기 위해서였다. 그때나 지금이나 실력이 나아지지 않은 걸 보면 요리에 솜씨가 있어 보이지 않는다. 그러나 신선한 재료로 갓 만든 한 끼 음식의 따뜻함을 좋아한다. 그 과정이 선사하는 시간이 나를 충전해준다. 재료를 깨끗이 썻고 칼로 썰어놓거나 나중에 먹기 좋게 손질하다보면 음식에 대한 경건함이 생긴다. 대단하지는 않지만 그렇게 준비된 한 끼가 참 소중하다.

12

Communal Eating

공동의 식사

"공동의 식사는 음식과 대화가 함께해요. 이것만큼 중요한 건 없어요. 친구들을 위해 음식을 준비하는 시간은 나를 행복하게 해주죠. 우리는 식사 시간을 공유하며 일상의 평범함을 특별하게 만들어가요."

— 멜리사 & 오노Melissa & Onno, 30대, 네덜란드

네덜란드 유학 시절, 격주로 화요일마다 학교에서 열리는 공개 강의를 들었다. 건축가, 디자이너, 예술가, 그 밖의 다양한 전문가를 초대해 강의를 듣고 학생들이 질문하는 편안한 분위기의 수업이었다. 누구나 참여할 수 있다는 점에서, 또 네덜란드뿐만 아니라 다양한 국적의 전문가를 초빙해 더욱 흥미로웠다. 프랑스 '라 빌레트' 공원을 설계한 베르나르 추미 Bernard Tschumi °가 강연한 날은 큰 인기를 끌었다.

강의가 마무리되면 강의실 옆 학과 스튜디오에서 다과회를 진행했다. 오후 5시에 시작한 강의를 마치면 아무래도 저녁 시간과 애매하게 걸치기 마련이다. 우리는 각자 간단한 음식과 와인을 준비해 강의에서 미처 묻지 못한 질문을 던지거나 프로젝트 뒷이야기를 들었다. 그야말로 소규모의 공동 식사였다. 다행히 스튜디오에 간단한 조리 시설이 갖춰져서 빵, 스낵, 수프 같은 음식을 만들 수 있었다. 어떤 날은 평소 요리를 즐기는 타이완에서 온 남자 동기가 누들 요리를 만들었다. 젓가락질이 서툰 학생들은 음식의 반 이상을 접시에 흘리는 등 제대로 먹지 못하는 어려움이 있었지만, 덕분에 그날의 공동 식사는 서로 다른 문화를 이해하는 소중한 자리가 됐다.

공동 식사가 처음부터 순탄했던 것은 아니다. 수업 후 저녁 식사를 준비하자는 제안에 모두가 시큰둥했던 게 사실이다. 석사 과정 학생도 적

○ 프랑스계 스위스인으로 건축가, 저술가, 교육가로 활동하며 건축의 해체주의 이론을 접목시키는 건축가로 평가받고 있다.

었고, 요리를 즐기는 친구들도 많지 않았다. 처음에는 특별한 조리가 필요 없는 빵과 스낵으로 간단히 준비했는데 언제부턴가 서로 순서를 정해서 게스트를 맞이하게 되었다. 음식을 준비하는 수고는 부담스럽지만 여럿이 한 끼를 나누는 따뜻함이 통했던 것 같다. 그렇게 작은 규모의 공동 식사였지만 게스트와 호스트의 역할, 음식이 주는 힘, 함께하는 즐거움을 느낄 수 있었다.

2018년 겨울, 온전히 처음 만난 사람들과 1박 2일을 보내며 함께한 공동 식사도 잊을 수 없다. 건강한 시민으로서의 성장을 돕는 비영리 재단 '밸류가든'의 주최로 열린 프로그램으로, 1인 주거 형태의 다양한 사람들과 1박 2일을 보내는 '개인주의자의 도시 캠프'였다. 그곳에서도 집에 관한 워크숍 진행을 위해 참여했다. 다 같이 모여 함께 밥은 먹지만, 다양하게 준비된 프로그램에는 참여하는 것은 선택에 달렸다. 토요일 오후에 늦게 합류하여 간단히 공간을 둘러보고 참여자 분들과 가벼운 인사를 나누니 벌써 저녁 먹을 시간이었다. 새로운 사람 만나는 일에 두려움은 없는 편이지만, 큰 그룹보다는 작은 그룹과 만나는 걸 선호하는 편이라, 열다섯 명쯤 되는 새로운 사람들과의 저녁 식사가 조금은 걱정되었다. 음악을 전공하다가 요리사의 길을 걷고 있는 셰프님이 준비한 특별 요리로 식사는 시작되었다. 재료 설명과 함께 각각의 요리가 긴 테이블의 중앙에 놓였다. 커다란 그릇에 담겨 각자 덜어먹을 수 있는 방식이었다. 음식이 담긴 커다란 그릇이 여기서 저기로, 저기서 여기로 움직이자 테이블 위의 분위기도 자연스러워졌다. 그날의 대화는 보편적이고 공통된 이야기에서 점점 사적이고 개인적인 이야기로 이어졌다. 첫 만남에서는 어쩔 수 없이 그 사람이 가지고 있는 외형적인 특징으로 상대방을 기억했다면, 함께한 저녁 식사 이후에는 서로 나누었던 이야기로 상대방을 기억할 수 있었다.

한국에서는 '밥 한번 먹자'는 인사말을 자주 나눈다. 간혹 공수표로 남발되기도 하지만 누군가와 같이 한 공간에서 밥을 먹는다는 건 상대방을 더 많이 알아가는 기회임이 분명하다.

13

A Room

방

방은 사용자의 취향을 보여주는 소우주다. 그 방을 사용하는 개인에 의해 특징지어지는 곳이다. 나는 유년기에 두 살 터울의 여동생과 한방을 썼다. 내 방이 곧 우리 자매의 놀이터였다. 그 시절에는 혼자만의 방을 갖고 싶다는 생각도 없었다. '나만의 공간'이라는 개념도 없었지만 유년 시절의 아이들에겐 그곳이 어디든지 자기만의 공간을 만들며 노는 신통한 재주가 있기 때문이었다. 가령 이런 식이다. 마음속에 사각형의 꼭짓점을 그린다. 꼭짓점에는 등받이가 밖으로 돌아선 방향으로 식탁 의자를 가져다 놓는다. 그리고 이불을 덮으면 끝! 의자 등받이와 바닥이 만나는 경계선까지 내려오는 이불은 우리 자매의 또 하나의 방이 된다. 약간 어둑해서 아늑한 분위기를 풍기는 자그마한 공간이 나는 좋았다. 바닥에 누워 몸을 의자 사이로 밀어넣고 반쯤 다리를 내민 채로 누워 있거나 랜턴 불빛을 약하게 밝혀 놓았다. 그 시절에는 어느 집에서나 흔히 볼 수 있던 위인전 전집을 펼쳐 쌓아 올려 벽을 만들어 또 다른 집을 만들기도 했다.

중학생이 되면서 나와 동생은 각자의 방을 갖게 되었다. 내 방에는 각종 참고서와 아기자기한 소지품이 쌓여갔다. 누구에게도 들키고 싶지 않은 비밀 일기장이 서랍 속에 채워지며 누구도 침범할 수 없는 개인 공간이 되었다. 대학생이 되고 사회 초년생이 되자 방은 잠 자는 공간이었다. 집에 머무는 시간보다 밖에 있는 시간이 길었다.

내 인생에서 온전한 독립은 네덜란드 시절이 처음이었다. 첫해 룸메이트와 살았던 해를 제외하고 원룸 스튜디오에서 홀로 지냈다. 숟가락, 가구 등 모든 것을 직접 골랐다. 필요한 물건은 주어진 예산 안에서 나의 취향으로 선택했다. 그 시절 방은 곧 집이었다. 나를 보여주는 집합체이자 온전히 쉬는 곳이었다.

2017년 워크숍 및 리서치를 위해 네덜란드에 재방문했을 때, 3개월간 머물렀던 친구의 집은 학생 아파트였다. 암스테르담 남서쪽에 위치해 있으며, 1960년대 후반에 지어져 건축적인 구조미를 드러낸 건물이다. 12개 층의 복도식 형태의 아파트로 21제곱미터에서 33제곱미터 면적의 집들이 있다. 현관에 들어서면 긴 복도를 한쪽에 두고 부엌, 화장실, 방으로 분리된다. 친구는 더블 침대와 작업 책상 한편을 통 크게 내어주었다. 우리는 각자 다른 하루 일과를 나누며 때로는 공간을 공유하고 때로는 각자 사용하며, 가족이자 동료로 지냈다.

이곳에서의 일정이 거의 끝나갈 때쯤 그 아파트에 사는 입주자들만 가입이 허용된 SNS 메신저 방이 있다는 것을 친구를 통해 알았다. 건물과 관련된 소식이나 필요한 정보를 교환하고 소통하는 온라인 공간이었다. 한국으로 돌아가기 전까지 '집'에 관련된 더 많은 사례가 있을까 싶어 친구와 이야기하던 중, 친구가 그 온라인 커뮤니티에 자신의 집을 개방하고 인터뷰에 응해줄 참가자가 있을지 모집해보자는 의견을 내놓았다. 우리는 곧바로 글을 올렸다. 너무나 고맙게도 생각보다 긍정적인 답변을 준 사람들이 있어서 우리는 그들의 집을 방문해서 사진을 찍고 인터뷰를 진행했다.

대부분 오전과 오후 시간에는 학교 수업을 듣거나 인턴십으로 집에 머무는 경우가 드물어서 초저녁 혹은 저녁 시간에 그들의 집을 방문했다. 하루에 한 집씩 방문 계획을 세우고 한 시간 정도씩 그들의 집에 머물렀다. 모두 암스테르담에서 학교를 다니는 학생들이었다. 비슷한 구조를 가진 집임에도 불구하고 모두가 다른 집에서 살고 있다는 점이 특히 흥미로웠다. 그들은 왜 이곳에 오게 되었는지, 처음 마주한 낯선 환경에서 집을 어떻게 '자기만의 공간'으로 만들어갔는지, 공간을 어떻게 활용하고 있는지를 이야기해주었다. 교환 학생 등 단기로 유학을 온 경우에는 거실과 부엌은 룸메이트와 공용으로 사용하기에, 각자의 방이 취향과 생활을 보여주었다. 반대로 1년 또는 그 이상 거주한 경우에는 집 전체가 온전히 자신의 공간이었다. 그들은 학생 아파트의 DIY 규정에 따라 직접 벽을 칠하거나 가구를 조립한 기억을 떠올렸다. 이 공간을 자신의 집으로 만들기 위해 얼마나 정성을 들여 가꾸었는지를 보여주는 대목이었다.

그중에서도 관상용 물고기를 키우는 마치엘Machiel의 집이 기억에 남는다. 부엌의 자투리 공간과 방 한구석이 커다란 수조로 채워져 있었다. 집 안 곳곳에 행잉 식물과 커다란 패턴을 가진 패브릭, 아메리카 원주민이 행운을 가져다준다는 의미로 만든 토속 장신구 '드림캐처'가 걸려 있었다. 저녁에 방문한 탓인지 창밖은 이미 어두웠고, 수조와 테이블 스탠드에서 나오는 파랗거나 노란 조명, 식물로 인해 만들어지는 어스름한 그림자가 그 방의 분위기를 극대화시켰다. 그의 소우주에 초대된 우리는 그가 키우는 물고기 이야기, 집에 있는 물건들과 얽힌 기억을 나누며 시간을 보냈다. 인터뷰 이후 작은 하우스 파티에 초대받아 재방문한 그의 집은 여전히 그와 닮아 있었다.

네덜란드에서 돌아와 결혼하고 나서 내 방은 다시 사라졌다. 침실은 부부의 공동 공간으로, 거실은 가족의 공동 공간으로, 작은 방은 공용 작업실로 사용한다. 그마저도 언제부턴가 짐으로 넘실거렸다. 건강한 공동체를 꿈꾸는 우리 부부의 요즘 관심사는 '각자의 방'을 갖는 것이다. 마음의 안식처인 우리 집에 나만의 방이라는 또 다른 안식처가 생기는 기쁨. 아직 경험하지 못한 미지의 방이 남아 있다는 건 꽤 설레는 일이다.

14

Bed

침대

"몇 년 전 일 때문에 네덜란드에 왔습니다. 공사 현장에서 임시직으로 일하고 있어요. 자주 이동했어요. 그래서인지 일을 마치고 쉴 수 있는 작은 침대만 있으면 충분해요."

— 마르코Marco, 40대, 키프로스

침대는 하루의 시작과 마지막을 같이한다. 하루의 3분의 1을 지내는 곳이고, 은밀한 나의 이야기를 알고 있으며, 가장 편안한 기분을 느끼게 해주는 곳이다. 누군가에겐 안도감을 주고, 누군가에겐 또 다른 꿈을 꾸게 해준다. 침대에서 하루가 완성되고 일생이 완성된다. 인간은 침대에서 안식에 이른다.°

침대는 지면과 이상적인 높이로 떨어져 있다. 그래서인지 바닥에 요를 깔고 자는 것보다 안정적이다. 나에게 침대는 책을 읽거나 일하는 공간이기도 하다. 주말 오후나 늦은 밤에 소파에서 책을 읽다가 지루해지면 침대로 올라간다. 헤드 쿠션에 몸을 반쯤 기대어 책을 읽다가 잠든다. 겨울에는 포근한 이불 속에서 몸을 반쯤 일으켜 베개를 세로로 돌려 등받이로 끼우고 노트북과 스마트폰으로 업무를 시작한다. 물리적 이동 없이 일과 휴식의 경계가 바뀐다. '온on' 버튼이 켜지면 가장 사적인 공간이었던 침대는 사회적 역할을 하는 공간으로 변한다.

2년에 한 번씩 열리는 베니스 비엔날레는 1895년 시작된 국제 현대미술 전시회다. 미술뿐 아니라 영화, 건축, 음악, 연극 등 다섯 개 부문에서 각각 다른 시각으로 독립된 행사를 벌인다. 보통 그해 공통의 주제를 정해 국가에 관계없이 펼치는 전시를 한 축으로 삼고, 각 국가별로 운영하는 국가관 전시를 다른 한 축으로 한다. 2012년도에 베니스 국제건축전

○ 오토 프리드리히 볼노, 이기숙 옮김, 『인간과 공간』, 에코리브르, 2011, 215쪽.

을 직접 다녀온 이후로, 격년으로 열리는 이 행사를 관심 있게 지켜보고 있다. 세계적으로 함께 생각해볼 이슈를 공통 주제로 던지고 각 나라마다의 시각으로 전시를 풀어가는 방식이 흥미롭다.

2018년도에 열렸던 국가관 전시 중 네덜란드관은 〈워크, 바디, 레저 Work, Body, Leisure〉라는 주제로 제시했다. 노동 정신 및 기술의 발달로 자동화되고 파괴적으로 변화한 노동 환경으로 인해 야기된 공간 구성, 생활 조건, 그리고 신체의 개념에 관한 내용을 다뤘다. 그중 베드인Bed-In 코너에서는 큐레이터이자 건축 이론가인 베아트리즈 콜로미나Beatriz Colomina 가 암스테르담 힐튼 호텔 902호를 다시 만들었다. 그곳은 1969년 존 레논과 오노 요코의 신혼여행지다. 두 사람은 일주일간 침대에 누워 반전과 평화의 메시지를 전 세계에 전했다. 이 전시에서 콜로미나는 오프닝 기간 동안 다양한 분야의 사람들을 초대해 침대에 함께 누워 장시간 릴레이 인터뷰를 진행했다. 온라인 플랫폼 시대가 도래하고 스마트폰이 널리 사용되며 '침대'는 현대적 업무 공간이 되었고, 업무와 휴식의 경계가 모호해졌음을 그녀는 글을 통해 여러 번 말해왔다. 침대가 더 이상 잠만 자는 곳이 아님을 우리의 달라진 생활을 통해서도 알 수 있다.

침대는 가구로 분류된다. 그러나 고대 폼페이에서는 침대를 주택의 일부로 간주해 건축 단계부터 위치를 정해놓고 건물을 지었다고 한다. 침대에서 베개 역할을 하는 돌로 사람이 누울 방향을 구분해두었고, 사생활

노출을 막기 위해 틈새에 커튼이나 슬라이딩 파티션을 설치했다고 한다.

　　현실과 이상을 연결해주는 매개체. 침대의 작은 공간은 나와 소통하는 충분한 시간을 내어준다. 우리는 침대에서 과거로 다녀오고 가보지 못한 미지의 세계를 여행하고, 그리운 사람을 만난다. 때론 현실과의 괴리감에 아쉬워하지만 마음껏 꿈꾸는 시간을 매일 기다린다. 침대는 치유의 공간이다.

15

Corner

모퉁이

스페인어 케렌시아Querencia는 피난처 또는 안식처를 뜻한다. 투우장의 소가 마지막 일전을 앞두고 잠시 숨을 고르는 공간이다. 안식처는 타인으로부터 간섭받지 않는 익명성이 허락되는 곳이다. 이를테면 모퉁이 같은 공간이다.

모퉁이는 모순적이다. 우리가 모퉁이라고 부르는 곳은 벽과 벽이 안쪽으로 꺾여 만나는 구석이다. 하지만 구부러져 생기는 날카로운 가장자리의 모서리이기도 하다. 모퉁이는 대부분 구석지고 후미져서 타인의 시선에서 멀어진 곳, 반듯한 공간보다는 협소하거나 쓸모없어 보여서 주목받지 않는 곳이다. 모퉁이는 집 안에도 집 밖에도 존재한다. 그래서 이 공간을 잘 활용하려면 공간을 세심하게 바라보아야 한다. 모퉁이는 완성되지 않은 공간이며 반만 있는 상자이거나 벽의 부분이어서다.°

나에게 모퉁이는 사유가 필요한 순간이나 하루 중 숨 고르기가 필요할 때마다 찾는 작은 공간이다. 누군가에게는 그런 공간이 집 전체일 수도 있고, 어느 방일 수도 있고, 방구석일 수도 있다. 벽과 문이 있어서 내가 스스로 공간의 개폐를 선택할 수 있는 닫힌 공간일 수도 있고, 열린 공

○ 가스통 바슐라르(Gaston Bachelard), "공간의 시학(The Poetics of Space)". New York:Penguin Group, 2014(first published 1957), p156.

간이지만 타인의 시선에서 잠시 멀어질 수 있는 곳일 수도 있다.

집 밖에도 모퉁이는 필요하다. 거리를 집으로 삼는 사람(홈리스)은 저녁에 한 몸 누이는 작은 침낭이 그러한 공간이다. 출근 전쟁을 뚫고 도착한 일터에서 온종일 수많은 업무와 싸우는 직장인에게는 빌딩 숲 옥상이 그런 곳이다. 평생 한 마을에서 살아온 노장에게는 골목의 평상이 모퉁이일 수 있다. 모두에게 익명성이 허락되는 광장이 그런 곳일 수도 있다.

유학시절 마지막 머물렀던 나의 작은 옥탑방은 아흔이 넘은 집주인 할머니가 1층에 거주하셨고 그 위로 4세대의 세입자가 있었다. 세입자들은 2층에 있는 화장실과 샤워실을 공유하고, 방에는 각자의 작은 부엌이 있었다. 방문을 열면 모든 것이 한눈에 들어오는 공간이었다. 나는 방 중앙에 침실과 주방을 구분하려고 테이블을 두었다. 그 위에서 모든 일을 처리했다. 방문 옆 구석에 놓인 작은 책상은 잠들기 전 일기를 쓰거나 잠시 쉬는 모퉁이 같았다. 그 작은 공간에서 보내는 극히 짧은 순간이 나에겐 온전한 쉼이었다. 그곳에 머물 때면 나는 책상 맞은편에 의자를 두고 두 다리를 쭉 뻗어 쉬곤 했다. 도저히 끝날 것 같지 않은 실타래 같은 일의 늪에 빠질 때, 일의 관성에 밀려 잠시 벗어나야 할 때마다 나는 과감하게 일어나서 그곳으로 갔다. 그렇게 잠시 벗어났다. '순간'을 위한 곳, 내가 충분히 휴식을 취할 수 있는 곳이라면 그곳이 바로 모퉁이다. 우리에게는 각자의 모퉁이가 필요하다.

16

Tons of Books

쌓여 있는 책들

"어린 시절부터 책을 좋아했어요. 프랑스 문학을 좋아해서 대학에서 전공으로 선택할 정도였어요. 그래서인지 책으로 가득 찬 곳에 침대가 놓여 있고, 그 위에서 책을 읽는 상상을 해요. 그곳이 제가 가장 편안함을 느끼는 공간이에요."

— 마야 반 더 뷔어Marja van der Burgh, 40대, 네덜란드

네덜란드에서 지내는 동안 6개월에서 1년에 한 번씩은 이사를 다녔다. 이사 횟수가 늘어날 때마다 책이 많아졌다. 나 홀로 보내는 시간이 많아서였을까. 그 시간을 학교 도서관, 시립 도서관, 서점에서 보냈다. 최고의 공간이었다. 그때부터 책을 읽는 습관이 생긴 것 같다. '인생의 총량'이라는 말이 생각난다. 한 사람이 태어나서 죽을 때까지 각 분야에서 채워야 하는 수량이 있음을 의미하는데, 나에겐 그 시절이 독서의 총량을 채운 시기였다. 건축, 디자인 전공 서적을 주로 읽었지만, 거기에서 파생된 문학, 예술, 철학, 사회, 환경, 인문 등 다양한 책을 접하는 것도 즐거웠다. 지금도 여러 권의 책을 동시에 읽는 독서법을 좋아한다. 지루할 틈이 없다. 전혀 상관없어 보이는 분야여도 퍼즐 맞추듯 연결하며 사색할 수 있다.

네덜란드에서 가장 많은 시간을 보냈던 학교 도서관에서 나는 책과 사랑에 빠졌다. 1682년에 설립된 헤이그 왕립예술학교Koninklijke Academie van Beeldende Kunsten는 네덜란드에서 가장 오래된 예술 학교로, 유럽에서도 오랜 전통을 가진 학교다. 저녁에 열리는 드로잉 수업으로부터 시작한 학교는 학생 수가 점점 늘어나 넓은 공간이 필요해졌다. 그때마다 자리를 옮겼고, 지금은 1937년경 바우하우스 스타일로 지은 건물을 사용하고 있다. 이후 그 건물은 몇 차례 증축됐다.

학교 도서관은 원래 조각 작품을 소장하고 전시하는 방Sculpture Hall이었다. 6미터는 족히 넘는 천장, 양쪽 벽면에 가득 꽂힌 책, 벽면을 타고 오르내리는 사다리만으로도 인상적인 공간이다. 1만3천여 권의 책을 소장한 서가에는 건축, 예술, 사진, 조각, 시각예술, 디자인, 역사, 문화 등 다양한 책이 꽂혀 있다. 시청각실도 따로 있어서 DVD나 영상 자료를 감상할 수 있다.

도서관에서 이 책 저 책을 살피다가 마음에 드는 몇 권을 빌려서 나오는 순간을 나는 좋아했다. 책을 대출할 때면 중앙에 위치한 서비스 데스크에 학생증을 제출하고 대출 과정을 기다린다. 40대 중후반으로 보이는 베테랑 사서는 늘 인상 좋은 표정으로 '대출 처리'라는 무언의 신호를 주었다. 언제나 같은 자리에서 묵묵히 일하는 그분이 보이지 않는 날이면 도서관에서 무언가 빠진 것 같은 느낌을 받았다.

책을 좋아하는 나는 여행을 갈 때마다 그곳의 서점을 찾는다. 필수 코스다. 대형 서점도 재미있지만 작지만 특색 있는 서점이나 중고 서점이 더 좋다. 서점 운영자의 안목이 느껴져서일 것이다. 서점에 들어서면 관심 분야의 서가로 곧장 이동한다. 내 키를 훌쩍 넘는 서가를 산책하며 책 여행을 떠난다. 이때는 처음으로 꺼내 든 책이 중요하다. 그 책을 시작으로 다른 책으로 연결되기 때문이다. 무엇보다 처음 꺼낸 책 옆에는 비슷한 주제의 또 다른 책이 있기 마련이어서 서가의 한두 줄을 훑다보면 예상치 못한 보물을 발견하기도 한다. 가벼울수록 좋은 여행 가방이 무거워지는 순간이지만 기분은 좋다.

　세상은 종이책이 위기에 처했다고 말한다. 스마트폰에는 책보다 재미있는 것이 넘쳐난다. 전자책의 편리함도 만만치 않다. 그러나 나는 여전히 종이책이 좋다. 생각날 때마다 바로 꺼내어 볼 수 있어서 좋고, 책장을 손으로 넘길 때의 그 순간이 좋고, 책에 밑줄을 긋거나 표식을 할 수 있어서 좋다. 나만의 작은 집을 꿈꿀 때마다 거실 한쪽을 온통 서가로 만드는 상상을 한다. 비스듬히 등을 기댈 수 있는 편한 의자에 앉아 책을 읽는 오후를 그려본다. 책을 읽다가 잠이 오면 낮잠을 자고 다시 일어나 책을 읽을 것이다. 장편 소설을 정주행하거나 마음 내키는 대로 책장에 손을 뻗어 시작한 책으로 끝말잇기 하듯 다른 책으로 이어가는 것도 좋겠다. 내 키를 훌쩍 넘는 서가에 책으로 가득 찬 공간. 그곳에서 보내는 주말을 꿈꾼다.

17

Chaotic Order

쌓여 있는 책들

"마감을 하루 앞둔 책상은 거의 폭발 직전이에요.
여기저기 쌓여 있는 책과 펜, 메모, 반쯤 먹다 남긴 커피 잔,
굴러다니는 컵. 신기한 건 어디에 무엇이 있는지 정확히
알고 있다는 거예요."

— 윔 샌더스Wim Sanders, 40대, 네덜란드

모든 물건에는 제자리가 있다. 자리를 지정하는 방식은 개별적으로 다르지만 대체로 이런 방식을 따른다. 우선 이용할 수 있는 공간을 남김 없이 사용한다. 같은 종류의 물건을 함께 놓는다. 자주 쓰는 물건은 손닿기 쉬운 위치에 둔다. 사용하는 목적에 걸맞게 정리하는 것이다.°

하지만 삶이 계속될수록 물건은 많아지기 마련이다. 물건은 공간을 잠식하고 삶의 공간까지 위협한다. 버리기 기술과 정리 기술이 필요한 까닭이다. 사람들은 자신만의 정리법을 만들어간다.

주기적으로 책을 산다. 한 번 읽은 것으로 충분하다고 생각한 책은 중고 서점에 되판다. 하지만 '다시 보고 싶은' 책은 소장각이니 작은 서가에 보관하는 책들이 쌓인다. 기존 공간은 이미 포화 상태. 새로운 공간을 확보하느라 전전긍긍한다. 우리 집에서 책은 서가처럼 보이지 않는 공간에 놓여 있기도 하다. 일렬로 세워져야 할 자리에 두세 줄로 놓여 있기도 하다. 어느 날에는 읽던 책을 아무 데나 놓고, 그다음 책을 꺼내서 그 옆에 놓는다. 그런 상태가 지속되면 무질서가 질서 상태에 이른다. 무질서는 기존의 질서를 방해한다. 새로운 질서를 다시 세워야 한다.

그렇다고 무조건 버리거나 소비를 줄이자는 얘기는 아니다. 한 분야를 광적으로 수집하는 사람도 있으니 말이다. 다큐멘터리 〈허브 앤 도로

○ 오토 프리드리히 볼노, 이기숙 옮김, 『인간과 공간』, 에코리브르, 2011, 269-270쪽.

시〉°°의 주인공인 허브와 도로시는 예술을 사랑하는 컬렉터이자 평범한 부부다. 우편배달부인 허브와 사서인 도로시는 뉴욕 맨해튼의 원룸 아파트에 살면서 광적으로 예술가들의 작품을 모은다. 작품 구매 기준은 우체부의 적은 수입 안에서 살 수 있을 것, 작은 아파트에 둘 수 있어야 할 것이다. 영화는 두 사람이 1962년에 작은 조각품을 처음 구입한 이래 1991년 워싱턴 D.C 내셔널갤러리에 자신들이 수집한 4천7백여 점의 작품을 기증할 때까지를 찬찬히 담는다. 두 사람의 인생은 작품을 보러 미술관을 찾고 미술가들과 관계를 형성하는 것으로 이루어진다. 수집 당시에는 신인이었던 미술가들의 작품은 지금은 대작이 되었다. 부부의 컬렉션은 젊은 작가들이 작업을 지속할 수 있는 원동력이 되었다. 스크린으로 엿본 부부의 집은 작은 고양이와 거북이가 함께하고, 밥을 먹고 잠을 자는 공간을 제외하고 모조리 작품으로 가득했다.

우리 집을 둘러본다. 책, 여행지 기념품, 피규어, 디자인 용품, 여러 장의 포스터…… 남편도 나오는 다른 영역에서 만만치 않은 수집가 면모를 갖고 있어서, 우리 집은 허브와 도로시 집만큼 여러 물건들로 빼곡하다. 20년 후 집의 모습을 상상해본다. 우리만의 질서를 찾는 일이 시급하다.

18

Intimate Stuff

친숙한 물건

부모님과 살림을 합치면서 예전 사진이 담긴 두 개의 상자를 발견했다. 상자에는 아버지와 어머니의 어린 시절부터 두 분의 결혼식, 나와 동생의 시간을 담은 사진이 뒤섞여 있다. 사진 속에서 환하게 웃고 있는 나와 내 동생은 어느덧 성인이 되었지만, 우리가 살던 집과 가구를 보니 그때의 기억이 되살아나는 듯했다.

내 어머니는 물건을 함부로 버리지 않는 성품을 지니셨다. 그런 어머니 덕분에 20년이 훌쩍 지난 나무로 만든 티 테이블과 할머니가 쓰시던 나무 장식장이 사진 속 그 모습으로 여전히 집에 놓여 있다. 인간이 나이를 먹는 것처럼 가구도 세월을 견딘다. 이사를 다니느라 둥근 테이블의 모서리는 중간중간 긁혀 색이 바랬다. 장식장 상단에 붙어 있던 타일 모양 조각은 이미 떨어져 나갔다. 그 자리에는 본드 자국만이 선명하다.

집을 채우는 사물에는 개인의 기억과 역사가 스미어 있다. 하지만 너무 익숙해서인지 우리는 집의 사물을 잊고 산다. 당연하게 여긴다. 하지만 집에 존재하는 사물은 내가 혹은 우리 가족이 '그곳에 있었다'는 사실을 소리 없이 알려준다. 우리 생활의 한 자리를 차지한다. 그래서 오래 사용한 물건에는 힘이 있다. 과거를 기억하게 해준다. 과거와 연결된 추억을 선물해준다.

　무엇이든 쉽게 사고 버리는 시대다. 그래서일까. 오랜 시간을 견딘 물건에 더욱 애정이 가는 시대이기도 하다. 우리 부부의 집을 가득 채운 물건도 결혼 전부터 각자가 지니고 있던 물건이다. 두 사람이 함께 여행하면서 모은 것도 많다. 그 물건들을 하나씩 보고 만져본다. "이건 언제 어디서 샀더라?" "그날 그 전시를 보고 나오는 길이었잖아" 같은 소소한 이야기를 나눈다. 친숙한 물건이 많아진다는 건 그만큼 우리의 추억이 더해지는 일이다.

19

Ambient Lighting

은은한 조명

"한국의 집들은 수술실 같아요."

완공을 며칠 앞둔 스웨덴 기업의 한국 지사 사무실 리모델링 현장. 업무 담당자와 공용 공간 조명기기 교체를 두고 실랑이를 벌이는데 그가 문득 내던진 말이다. 업무 공간에 주광색 등을 설치하는 것은 이해하지만 휴게 공간이나 홀 같은 공용 공간까지 주광색 등으로 밝히는 건 피곤하지 않느냐는 말이었다. 꼭 업무 공간이 연속되는 느낌이라고.

한국에서는 일반적으로 집이나 사무실에서 하얀색 계열의 주광색 전구를 전체 조명으로 사용한다. 최근에는 하나의 등으로 한 공간을 밝히는 전체 조명 방식에서 전체 등과 간접 등을 적절히 활용해 다양한 높이와 색온도를 가진 조명 계획이 이루어지고 있지만, 한국의 공간은 여전히 밝고 환하다. 특히 우리의 거실은 눈이 부실 정도로 밝은 형광등을 보편적으로 사용한다. 거실을 비추는 형광등 네 개 중 하나가 나가기라도 하면 어두워서 눈 나빠진다며 서둘러 교체했던 기억이 많은 이들에게 생생할 듯하다.

유럽의 집은 다르다. 대부분 조명 하나로 공간 전체를 밝히지 않는 편이다. 벽 또는 테이블에 작은 조명들을 설치하거나 양초로 조도를 맞춘다.

좋은 조명이란 어떤 것일까. 가급적 오전과 오후는 자연 채광으로 공간을 밝히고, 어두움이 찾아오면 조명을 사용하는 게 적절하다고 생각한다. 한국은 압축 성장 과정에서 효율과 기능을 중시했다. 그래서 주거용 조명으로 빛이 안겨주는 편안한 느낌보다는 적은 에너지를 사용해 많은 밝기를 확보하는 것이 중요했다. 값이 저렴하고 수명이 긴 형광등 위주의 조명 설계가 사용되어왔다.

우리는 해가 쨍한 한낮에 양산을 쓰거나 선글라스를 착용해서 눈을 보호한다. 그러면서도 눈부신 인공 광원에 노출된 밤을 아무 고민 없이 받아들이고 있다. 빛은 시간과 장소에 맞게 적당히 선택할 수 있어야 한다. 신체가 시간의 리듬을 읽을 수 있도록 말이다.

하루에 두 번, 빛과 어둠이 바뀌는 시간이 있다. 새하얀 낮과 새까만 밤이 오기 전 희미한 경계의 순간이다. 해 질 녘 언덕 너머 다가오는 실루엣이 내가 기르던 개인지 나를 해치러 오는 늑대인지 분간하기 어려운 개와 늑대의 시간. 주변을 경계하고 주의해야 하는 시간이지만, 박완서 작가의 말처럼 나는 이 시간이 소중하다. 어슴푸레한 자연의 빛은 몸과 마음을 편안하게 만들어주니 말이다.

○ 차인호, 조명디자인의 역할과 조명산업과의 관계성, 월간 더 리빙, 2014년 12월.
(www.theliving.co.kr/news/articleView.html?idxno=20448)

"낯설고 적대적이던 사물들이 거짓말처럼 부드럽고 친숙해지는 게 바로 이 시간이야. (……) 그렇게 위협적인 세상도 도처에 잿빛 어둠이 고이기 시작하면 슬며시 만만하고 친숙해지는 거 있지. 얼마든지 화해하고 스며들 수도 있을 것 같은 세상으로 바뀌는 시간이 나는 좋아."ºº

ºº 박완서, 『아주 오래된 농담』, 실천문학사, 2000.

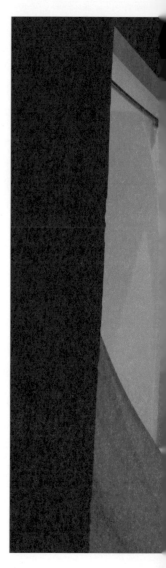

20

Fireplace

벽난로, 붉은빛의 온기

주말이면 캠핑을 다닌다. 더운 여름보다는 선선한 저녁 공기를 쐬는 가을이나 눈이 펑펑 내리는 겨울이 캠핑 적기다. 사이트에 텐트를 치고 폴을 박아 기둥을 만들고 타프°를 이용해 지붕을 만든다. 타프 아래는 우리가 살고 있는 집의 축소판을 옮겨다놓은 듯 사물을 배치한다.

점심은 가볍게 먹고 곧 다가올 저녁을 위해 불을 피운다. 마른 나무 장작과 숯을 이용해서 불씨를 만든다. 부지깽이로 숯과 나무 장작 사이에 틈을 내어서 공기가 이동할 자리를 만든다. 불이 꺼지지 않고 계속 탈 수 있게 만드는 것이다. 장작이 너무 붙어 있지 않게 그렇다고 너무 떨어져 있지 않게 적정 간격을 유지하는 게 중요하다. 그래야 오래 불빛을 볼 수 있다.

산에는 도시에서보다 금방 어둠이 찾아온다. 서둘러 두꺼운 외투를 걸치고 방금 피운 불 앞으로 바짝 다가간다. 작은 화로를 중심으로 사람들이 둥글게 원을 그리며 앉는다. 붉은 빛의 불은 온기를 품고 있다. 사람들과 음식을 나눠 먹는다. 따뜻한 기운이 몸 안으로 퍼진다. 편안하다.

○ 타프(Tarp). 햇볕, 비, 이슬 등을 피하기 위해 사용되는 가림막을 지칭하는 것으로 비박용 플라이라고도 부른다.

공간의 설계와 구성에 미치는 영향을 볼 때, (……) 화로는 인류 역사에서 꽤 최근까지도 집에서의 사회적 상호작용과 활동의 공간 분배에 가장 큰 영향을 행사했다.°° 불의 사용으로 도구나 음식을 만들기도 했지만 공간을 공유하며 사람을 모이게 만들었다. 불이 꺼지기 전까지 이야기는 계속된다. 나무 장작은 하얀 재가 되고, 숯은 뭉근한 화롯불로 남는다. 날이 몹시 추운 날에는 나무 장작을 넣어서 큰불을 만든다. 타닥타닥~ 나무 타는 소리는 사그라지는 대화를 이어준다.

대부분 아파트 같은 공동 주거 형태에서 살아가는 우리는 벽난로에 어떤 낭만적인 감정을 갖고 있다. 건축 잡지에 실린 근현대 건축 거장의 작품에서나 볼 수 있는 존재로 여긴다. 하지만 어린 시절 수학여행에서 경험했던 캠프파이어나 캠핑장 화로대에서 벽난로와의 연결고리를 발견할 수 있다. 장소의 차이는 있지만 그것이 담고 있는 정서는 비슷하다. 언젠가 작은 집을 지을 수 있는 날이 오면 집에 벽난로를 만들고 싶다. 겨울밤, 벽난로에 어른거리는 붉은빛으로 가득 채워지는 공간을 상상해본다.

°° 존S앨런, 이계순 옮김, 『집은 어떻게 우리를 인간으로 만들었나』, 반비, 2019, 144쪽.

21

Balcony

발코니

발코니는 사적인 외부 공간이다. 발코니는 건축물 내부와 외부를 연결하는 완충 공간으로 전망과 휴식을 목적으로 건축물 외벽에 접해 부가적으로 설치되는 공간이다. 그러나 한국의 주거 공간에서는 그 의미가 퇴색되어 있는 게 사실이다. 아파트 발코니(발코니 또는 베란다로 혼용되어 사용되지만, 아파트에서는 발코니가 옳은 표현이다)는 일반적으로 입주 전에 기본 옵션으로 선택할 수 있는 '발코니 확장 공사'를 통해 만들어짐과 동시에 사라지기도 한다. 집이라는 공간을 숫자로만 생각하고 면적에 집착해 빚어진 결과다. 유독 한국에서 두드러지는 주거 공간의 특징이기도 하다.

네덜란드의 집은 발코니가 딸린 건물 형태가 일반적이다. 이곳에서도 발코니 면적은 그리 넓지 않다. 보통 발코니가 건물에서 살짝 나온 형태로 의자 두 개, 테이블 한 개 놓을 만한 크기다. 발코니는 감초 같은 역할을 한다. 없어도 불편하지 않지만(안전 기능을 제외하고 본다면), 이 자그마한 공간이 있어서 삶에 멋을 더해준다. 외부와의 연결에서도 불필요한 노동을 덜어준다.

네덜란드에서 발코니는 해가 좋은 날 커피 한 잔 마시며 휴식하는 자리를 만들어주는 곳이었다. 샤워만 할 수 있는 학생 아파트에서 욕조를 놓아 반신욕 하는 공간으로 쓰이고, 친구들과 작은 파티를 할 때 바비큐 숯을 피우는 공간이기도 했다. 집 안에서 해결하거나 하지 않아도 그만인 일이지만 발코니가 있어서 가능했다.

오늘날 발코니는 수직형 주거 형태가 일반화되면서 콘크리트와 유리로 덮인 온실이 되어버렸다. 사람들은 발코니에 이중 창호와 커튼을 설치해 또 다른 벽을 만든다. 집에서 유일하게 외부와 연결이 가능한 곳이지만, 우리는 이마저도 없애려고 애쓴다. 그렇게 한 후 외부 환경에 노출되려고 또 다른 노동을 감행한다. 집에서도 할 수 있는 일을 위해 외출한다. 카페와 맛집 같은 제3의 공간에 인색해지자는 말은 아니다. 그럼에도 집에서 누릴 수 있는 낭만을 만드는 시도가 사라지는 것은 아쉽다. 작지만 큰 공간인 발코니를 재발견하자. 단조로운 삶을 풍요롭게 만들어주는 지름길일지도 모른다.

22

A Cup of Coffee

한 잔의 커피

차보다는 커피를 즐겨 마신다. 아침을 챙겨 먹지 않아서 공복에 마시는 한 잔의 커피는 오전을 깨우는 좋은 친구다. 네덜란드에서 생활하며 집에서 가까운 마트에서 장을 보는 게 나의 재미였다. 요리를 즐기는 편은 아니지만 처음 보는 다양한 향신료와 식재료는 요리 초보자의 발걸음을 붙잡기에 충분했다. 포장 방식이나 브랜드에 따라 다양한 종류로 나와 있는 커피를 구경하는 일도 즐거웠다. 인스턴트 커피인 줄 알고 구매한 원두가루 덕분에 핸드드립 세계에 입문하게 되었다.

주말 오전, 즐겨 마시던 인스턴트 커피가 떨어져 마트를 찾았다. 진공 포장된 커피 패키지 가운데 마음에 드는 걸 골라 집으로 왔다. 팽팽히 묶인 포장을 조심스럽게 개봉하니 군살을 잡아주는 벨트가 풀리듯 공기가 들어가며 커피를 담은 패키지가 통통해진다. 물을 끓이며 커피를 한 숟가락 뜨는데 평소 알던 가루 입자가 아니었다. 아차~ 싶어 인터넷 검색을 하니 컵, 티스푼, 뜨거운 물이면 충분했던 도구에 깔때기처럼 생긴 드리퍼와 종이 여과지가 더 필요했다. 그렇게 핸드드립 커피의 세계에 빠져들었다. 그리고 지금 나의 부엌에는 하나둘 장만한 핸드드립 기구가 모여 있다.

사실 핸드드립 커피는 에스프레소 기계로 내린 커피나 인스턴트 커피

보다 귀찮은 게 사실이다. 그러나 시간을 들여 정성스럽게 내린 커피 한 잔은 온전히 나를 위한 작은 사치다. 로스팅한 원두는 신선도를 위해 마실 때마다 핸드밀로 갈아준다. 적당한 노동과 소음이 자연스럽게 따라온다. 고운 입자로 분쇄된 가루는 고소한 냄새를 풍긴다. 따뜻한 물로 미리 데운 컵에 드리퍼와 종이 여과지를 끼운다. 여과지 안으로 커피 가루를 쏟아 넣고 드리퍼를 툭툭 쳐서 가루의 표면을 편평하게 만든다. 뜨거운 물을 드립포트에 부어 긴 주둥이에서 나오는 물줄기의 세기를 조절하며 두 번 정도 물을 돌린다. 물줄기에 의해 봉긋하게 솟아오른 커피가 잠시 뜸을 들이도록 기다리며 마음속으로 숫자 30을 센다. 천천히, 그러나 일정한 속도로. 마지막으로 물을 서너 번 더 돌려주면 한 잔의 커피가 완성된다.

커피 한 잔은 일상에 작은 재미를 선사한다. 네덜란드에서 첫해를 같이 보낸 터키에서 온 룸메이트는 일요일 아침마다 커피 점을 보면서 다음 한 주를 점치는 특이한 취미를 가졌다. 커피 가루를 함께 끓여 가루가 가라앉기를 기다려 마시는 터키식 커피는 굉장히 진하기로 유명하다. 터키에서는 커피를 마시고 컵에 남은 가루를 접시에 뒤집어 그 모양을 보며 운세를 예측한다고 한다. 접시에 남겨진 모양으로 어떻게 추리가 가능한지 미지수였지만 친구와 함께 보내는 주말 아침이 늘 기다려졌다.

나의 부엌 조리대의 작은 공간을 차지한 도구들이 만들어주는 커피

한 잔은 집의 분위기를 따듯하게 바꿔놓는다. 정성스럽게 내린 한 잔의 커피는 집을 은은한 향으로 바꾼다. 잠이 덜 깬 아침에 내리는 커피 한 잔은 하루를 시작하는 활력을 선물하고, 오후에 내리는 커피 한 잔은 나른해진 몸과 정신을 깨우며 일상에 집중하게 만든다. 평범한 일상에서 즐기는 한 잔의 커피는 나만의 속도로 뚜벅뚜벅 걸어도 충분하다고 용기를 준다. 지금도 충분히 잘 살고 있다고 위안을 준다.

23

Do-It-Yourself

스스로 만드는

"가장 기억나는 건 이 집을 페인트칠하고 제가
직접 무언가를 만든 순간이에요. 처음 이 집의 벽은
노르스름했어요. 이 집에 살던 사람이 그 색을
좋아했나봐요. 저는 하얀색으로 페인트칠하고, 친구와 함께
이케아 침대를 고치고 침실용 스탠드를 조립했어요."
— 엘리사 스테케티Elisa Steketee, 20대, 네덜란드

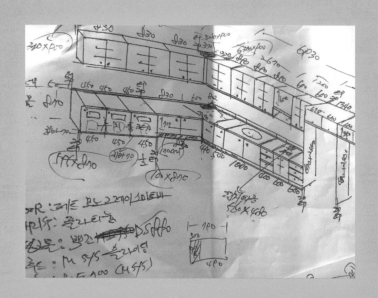

이사를 하거나 새집에 들어갈 때 유럽에서는 대부분 기본 마감 상태로 입주한다. 기본 마감이란 건물 재료의 물성을 그대로 드러낸 상태를 말한다. 기본 구조 상태에서 자신이 스스로 선택해서 집을 완성해나간다. 유럽의 집들이 구조는 같아도 내부가 똑같은 집을 찾기 힘든 이유다. 집마다 공간을 사용하는 사람의 개성이 묻어 있다. 내가 선택하여 가꾸었다는 생각이 집에 대한 애정으로 나타난다.

부동산 계약을 하고 처음 들어간 집의 헐벗은 첫인상에 놀란 적이 있다. 바닥과 벽은 시공이 덜 끝난 듯 회색 속살을 드러내고, 조명을 달 수 있게 뽑아둔 전선 자락은 천정에 꼬불꼬불 말려 있다. 우리나라 아파트의 마이너스 옵션과 같다. 마이너스 옵션 아파트는 분양 계약 시 시공사가 제공하는 붙박이 가구, 주방 가구, 벽지, 창호 등 기본 상품을 제외한 가격으로 분양받는 제도다. 한국에서는 2007년부터 시행되었는데, 공장에서 찍어낸 듯한 집에서 살고 싶지 않다는 인식이 커지면서 이 방식을 선택하는 비율이 늘어나고 있다.

한국은 선분양 제도다. 그래서 아파트 분양 전 모델하우스가 존재한다. 기본 마감재와 옵션을 선택할 때의 상황을 샘플로 보여준다. 특별한 일이 생기지 않는 한 기본 마감재는 미리 결정되어 있고, 일률적으로 디자인한 상태로 입주한다. 몇 백 혹은 몇 천 세대의 주거 공간이 똑같은 디자인으로 정해진다. 편리하지만 사용자의 취향을 제대로 반영하지 못하니 내 집도 이웃집도 똑같다.

　　대공사를 하지 않아도 집을 변화시킬 수 있는 방법은 여러 가지다. 방문 손잡이를 바꾸거나 벽을 원하는 색으로 칠할 수 있다. 조명기기를 바꾸고 공간 사이즈를 측정해서 그곳에 딱 들어맞는 가구를 만드는 것도 좋다. 집의 한 부분이라도 내가 원하는 모습으로 바꾸면 공간에 애정이 달라진다. 공간은 마음을 쓸수록 몸으로 가꿀수록 가까워진다.

24

Symmetrical Balance

대칭적 조화

"혼자 살면서 습관이 생겼어요. 일정한 규칙이
있어야겠더라고요. 냉장고 속 물건을 크기별로 줄을 맞춰
놓거나, 거실 소파가 마주 보고 대칭으로 배치되어야 하는
것 말이에요. 가끔 '너무하다'는 생각이 들 때가 있지만
그렇게 제대로 정렬된 걸 보면 마음이
안정되고 편안해져요."

— 기스 반 브롱크호르스트Gijs van Bronckhorst, 30대, 네덜란드

대칭은 양측의 무게중심이 정중앙에 놓여 균형을 이루는 상태다. 집 안의 방과 사물도 대부분 대칭을 이룬다. 교회, 사찰, 토속 건축에서도 대칭은 쉽게 찾을 수 있다. 대칭을 이루는 공간은 안정감을 준다. 요소 사이의 비례나 조화가 안겨주는 조형적 안정감도 있지만 예측 가능한 공간이 가져다주는 질서가 심리적으로 편안함을 가져다준다.

네덜란드에는 고대 양식을 그대로 지닌 교회 건축물이 아직도 남아 있다. 신도가 줄어들어 이곳의 교회들은 예배당 기능을 벗어나 새로운 공간으로 탈바꿈하고 있다. 지역 행사나 전시를 열거나 최소한의 리모델링을 거쳐 카페나 서점, 사무실로 사용된다. 교회 규모에 따라 차이는 있지만 건물 입구로 들어서면 대칭으로 이루어진 공간 모습이 한눈에 들어온다.

네덜란드 남쪽에 위치한 도시 마스트리흐트에는 고딕 양식 교회를 서점으로 개조한 곳이 있다. 균일한 리듬으로 이어지는 원형 기둥, 첨두 아치, 리브 볼트 형식의 천장, 그리고 1300년대에 그려진 프레스코화가 남아 있다. 입구 반대편 서점의 가장 안쪽에는 반원 모양의 공간이 있다. 성직자가 의식을 집행하던 주 제단이 있던 곳으로 지금은 카페가 자리하고 있다. 정중앙에 놓인 대형 십자가 모양의 테이블이 인상적이다.

생활에서 보이는 대칭성은 형태를 넘어 삶의 태도와 형식으로 나타난다. 집을 대하는 태도는 그 집의 형식이 된다. '집을 보면 그 사람을 알 수 있다'고 하지 않던가. 결혼 전 남편이 살던 공간은 원룸 오피스텔이었다. 기본 가전제품이 풀옵션이고, 현관부터 시작한 붙박이장은 자질구레한 살림살이나 옷을 넣어두기에 충분했다. 집에서 생활하는 시간이 많지 않아서인지 언제나 가지런히 정돈되어 있었던 게 생각난다. 어느 날 우연히 열어본 붙박이장에 가지런히 열을 맞춰 정리된 생활도구와 저장 식품을 본 날…… 나는 말하지 않아도 남편을 이해할 수 있었다.

삶에 나타나는 대칭적 조화는 강한 중심을 가지고 한쪽으로 치우치지 않는 안정감이 있다. 반대로 긴장감도 내뿜는다. 질서를 놓치지 않으려는 절정의 강박과 미학 사이에 팽팽히 힘겨루기를 하는 줄다리기와 같다. 당연히 줄다리기에는 엄청난 노력이 들어간다. 그러나 그러한 행동이 공간을 쾌적하게 만들어준다.

하지만 대칭성은 청소의 개념과는 조금 다르다. 더럽거나 어지러운 것을 쓸고 닦아서 깨끗하게 하는 것과 다르다는 얘기다. 청소를 하지 않아도 쾌적할 수 있다. 결국 심리적 영향이 크다. 일정한 규칙 아래 주변을 정리하는 것만으로도 안정감을 얻을 수 있다.

남편은 결혼 후에도 달라지지 않았다. 매일 아침이면 밤새 흐트러진 두 개의 베개를 나란히 놓고 이불을 반듯이 정리한 뒤, 하루를 시작한다.

25

Corridor

복도

"저희 아파트는 복도식이에요. 그래도 옆집, 건넛집에
누가 사는지 다 아는 특이한 곳이었어요. 같은 층에 있는
세대끼리도 친했고요. 7층에 살았는데 어머니들이
복도를 깨끗하게 청소하고 복도에 물을 채워주셨어요.
우리 집 옆으로 서너 집이 있었는데 복도를 풀장처럼
만들어 놓았어요."

— 김민지, 20대, 한국

복도는 방과 방을 잇는 일정한 폭을 가진 건물 내 통로 또는 건축물과 건축물 사이에 비나 눈 등의 자연 조건과 관계없이 다닐 수 있도록 지붕을 씌워 연결해놓은 통로다. 복도는 갖고 싶다는 열망 때문에 만들어진 게 아니라 순전히 필요에 따라 탄생한 공간이다.°

네덜란드는 입구가 좁고 긴 형태의 평면을 가진 집들이 많다. 이는 건물의 입면에서도 동일하게 나타난다. 건물의 폭이 도로에 접하는 면적에 따라 세금을 매긴 과거의 주택법 때문에 만들어진 현상이다. 그래서 현관에서 어두운 복도를 지나야 거실이 나오는 극적인 공간이 만들어진다. 결혼하고 처음 살았던 집은 1LDK°°로 현관을 들어서면 주방을 품은 편복도°°°를 통해 거실과 침실로 갈 수 있었다. 입구에서 침실로 가려면 긴 복도를 지나고 각 방을 거쳐야 했다. 우리 부부는 거실이나 거실 앞 작업 공간에서 주로 생활했지만, 생각이 많은 날이나 아이디어가 떠오르지 않는 날이면 긴 복도 공간을 오가곤 했다.

복도는 머무는 공간이 아니다. 공간과 공간 사이를 이동하는 곳이다. 홀로 기능을 완성하기보다 관계에 의해 용도가 만들어지는 곳이다. 어떤 때는 불필요하고 어떤 때는 색다른 장소가 된다. 경제적 관점에서는 있는

○ 에드윈 헤스코트, 박근재 옮김, 『집을 철학하다』, 아날로그(글담), 2015, 235쪽.

○○ LDK(Living, Dining, Kitchen)

○○○ 편복도는 건물 한쪽으로 긴 복도가 있고 이 복도를 통해 주거에 들어가는 형식이다. 채광이나 통풍에 유리하고 각 방의 프라이버시가 보장되는 반면 면적을 많이 차지한다.

듯 없는 듯 복도 공간을 최소한으로 하고 거실이나 주방으로 탁 트인 공간을 사용하길 바라는 사람들이 많다. 이 얘기는 복도만큼 유연성을 갖는 공간이 없다는 뜻이기도 하다. 복도를 잘 사용하면 새로운 시야를 담을 수 있다.

아파트 이웃끼리 친하고, 그래서 어머니들이 복도를 깨끗이 청소하고 풀장을 만들어 아이들을 놀게 해주었다는 워크숍 참가자의 이야기는 그동안 잊고 있었던 공동체의 추억을 떠올리게 한다. 아파트를 설계한 사람 혹은 건설사가 미처 생각하지 못했던 기능을 사용자들이 스스로 만든 셈이다. 공간은 그곳을 애정으로 가꾸고 바라보는 사람이 있을 때 더욱 빛나는 법이다. 더 나은 도시 생활을 위한 거주자들의 소소하지만 적극적인 개입은 공동생활을 살아 있게 만든다. 우리가 잊어서는 안 될 삶의 덕목이다.

26

A nearby park

가까운 공원

"집 뒤편 정원에서 자주 책을 읽어요. 날이 좋으면 바비큐 파티도 하고요. 봄이면 커다란 벚꽃나무에서 눈 내리듯 꽃잎이 떨어지는데 가히 장관이에요. 정원에서 제가 심은 허브와 잔디에 앉아 있노라면 시간 가는 줄 몰라요."

— 힐데 베스터링크Hilde Westerink, 30대, 네덜란드

네덜란드 집 근처에는 작은 공원이 있었다. 공원과 운하를 따라 조성된 녹지에서 사람들은 아무렇지 않게 앉거나 누워서 이야기를 나누고 책을 읽는다. 자연을 가까이하는 삶이 어색하지 않은 그들 덕분에 자연을 친숙하게 대하는 법을 배웠다.

네덜란드는 매일같이 비가 오거나 비가 올 것처럼 흐린 날씨가 이어진다. 그래서 조금이라도 해가 비치면 '광합성'하러 사람들이 밖으로 나온다. 공원은 그들의 삶에 필수적이다. 네덜란드 도시에는 시내와 멀지 않은 곳에 커다란 공원이 조성되어 있다. 시내 곳곳에 작은 녹지도 잘 조성되어 있어서 자전거로 10-15분을 달려 공원에 가는 일이 일상이다. 조금만 걸으면 운하와 연결된 잔디밭으로 나갈 수 있다. 거실에서 곧장 뒷마당으로 나갈 수 있는 집에 산다면 바깥 공간과의 연결은 더욱 자연스럽다.

네덜란드의 여름은 유난히 해가 길다. 밤 9시에도 오후 4시처럼 해가 떠 있다. 긴 오후를 견딘 묵직한 공기가 천천히 내려오면서 한여름 밤의 적막감은 커진다. 그래도 시야는 더 밝아지는 독특한 계절이다. 자전거를 타고 집 근처 공원에서 보낸 그때는 지금 생각해도 소중하다. 오후의 공원이 뛰노는 아이들과 함께 나온 가족들의 공간이라면, 저녁의 공원은 반려견과 산책을 즐기거나 혼자서 책을 읽거나 운동하는 사람들을 위한 곳이다.

그곳이 어디든 집 가까이 걸어서 갈 수 있는 공원이 있으면 삶의 질은

한층 높아진다. 신혼 초, 집을 구하며 포기할 수 없었던 세 가지 항목이 있었다. 첫째, 집 근처에 공원이 있는 곳, 둘째, 대중교통이 편한 곳, 셋째, 비슷한 라이프 스타일을 가진 사람들이 거주하는 곳이었다. 운이 좋게도 첫 번째 집은 세 가지 조건을 거의 충족했다. 도보로 10분쯤 걸리는 지하철 역까지 가는 길에 근린공원이 조성되어 있었다. 집 뒤로 2분 거리에 운동장을 낀 근린공원이 있어서 밤에는 가벼운 산책과 운동을 할 수 있었다.

두 번째로 이사한 집은 반경 40미터 내외, 도보 10분 거리에 근린공원이 있다. 첫 번째 집과 같은 동네이지만 차량 통행량이 많은 사거리를 끼고 대로에 인접해서 심야에 소음이 심한 편이다. 공원을 이용하려면 이전 생활권으로 이동하거나 길 건너편 아파트 단지 내 공원을 이용해야 해서 이전만큼 수시로 가지는 못한다. 차로 15분이면 올림픽공원°이 있지만 자주 이용하지 않는다. 면적이 넓어서인지 동네를 산책하는 장소로 다가오지 않는다. 아무래도 주말에 마음먹고 '방문'하는 기분으로 갈 수밖에 없다.

세 번째로 이사한 지금 살고 있는 집은 자연과 가장 가까운 환경이다. 경기도 동남부에 위치해 있고, 집 뒤로 15분 정도 걸어가면 불곡산과 대지산이 있다. 불곡산을 오르는 초입에는 작은 약수터가 있다. 요즘엔 주말마다 그곳에 가서 시원한 물도 마시고 산 중간에 설치된 의자나 돌 위

○ 서울시 송파구에 위치한 공원으로 전체 면적은 43만 8000평이다. 1986년 서울 아시안게임과 1988년 서울올림픽을 목적으로 건설되었다. 지금은 체육, 문화예술, 역사, 교육, 휴식 등 다양한 용도를 갖춘 종합공원으로 이용되고 있다.

에 앉아 가만히 숲의 소리를 듣기도 한다. 종종 숲 놀이를 마치고 돌아온 아이들이 야트막한 초입의 냇가에서 물놀이를 하고 있다. 특별한 놀이 도구 없이도 아이들은 무척이나 신나 보인다. 어느 초겨울에는, 고라니를 만났다. 아파트를 뒤로하고 산에서 만난 고라니의 출현은 우리를 더 설레게 만들었다.

집 근처에 공공녹지가 있다는 건 삶의 생활 반경을 넓혀주는 일이다. 계절의 변화를 눈과 몸으로 느낄 수 있어서 건강한 삶을 누릴 수 있다. 무심코 지나치던 공원이 있다면 잠시 시간을 내어보자. 계절의 변화를 천천히 느껴보자. 행복은 별게 아니다.

27

Access to Water

수水변으로의 접근

'낮은 땅'이라는 뜻의 네덜란드는 댐으로 물을 막고 진흙 바닥에 만들어진 나라다. 그래서인지 네덜란드 지명에는 담dam이나 다이크dijk라는 단어가 많이 쓰인다. 수도 암스테르담Amsterdam은 '암스텔Amstel 강의 댐'이라는 뜻이고, 모던한 항구 도시 로테르담Rotterdam은 '로테Rotte 강의 댐'을 의미한다.

운하는 이곳에서 흔한 도시의 요소다. 수변 근처에서의 삶은 이곳 사람들에게 자연스러운 일상이다. 날씨가 좋은 날에는 젊은 커플이 운하 주변 잔디밭에 누워 책을 보거나 해를 즐긴다. 친구들끼리 작은 배를 타고 운하를 유영하기도 한다. 나 역시 잔디밭에 앉아 강물이 흐르는 걸 보곤 했다. 그럴 때면 마음이 차분해지고 자연이 주는 알 수 없는 힘에 이끌리곤 했다. 지금 내가 갖고 있는 모든 것에 감사한 마음이 들었다.

네덜란드는 도시 어디에서든지 쉽게 운하로 접근할 수 있다. 도시마다 구역별로 환경에 따라 제방 형태는 다양하다. 하지만 하천의 범람을 막아주는 기본 기능 외에도 누구든지 들어와 쉬라는 듯 열려 있다. 벤치는 없지만 곳곳에 피어 있는 꽃과 사람에게 무관심한 듯 제각기 노니는 새와 오리가 아름답다. 수심이 얼마나 되는지 정확히 모르지만, 술에 취한 청

년들이 장난으로 던진 수천 대의 자전거를 건져 올리려고 정부에서 예산을 따로 편성한다는 이야기를 들으면 자전거가 묻힐 정도는 되는구나 싶었다.

서울에는 동서를 가로지르는 한강이 있다. 한강을 끼고 흐르는 크고 작은 하천도 많다. 우리 집에서도 10분을 걸어 나가면 탄천°이 나온다. 그 길을 따라 걸으면 서울과 경기도가 연결된다. 계절마다 달리 피어나는 식물도 볼 수 있다.

인간은 자연과 더불어 살아야 한다. 산을 만나면 오르고 싶고 물을 만나면 멈추고 싶다. 자연은 우리로 하여금 순리를 거스르지 말라고 짐짓 가르친다. 잠시 멈춰서 물 흐르는 소리를 듣고 그 위로 반사되는 하늘을 담는다. 삶의 쉼표와 같은 공간, 쉬지 않고 흐르는 자연이 더없이 소중해지는 요즘이다.

○ 경기도 용인시에서 발원하여 서울 송파구와 강남구를 거쳐 한강으로 유입되는 하천.

28

Playground

놀이터

"그때는 마을 전체가 놀이터였죠. 특별한 건 없었지만
마을 골목이나 공터에서 친구들과 늦은 시간까지
놀았던 기억이 나요."

— 천애영, 30대, 한국

서울 한복판에 자리한 대단지 아파트에서 보낸 초등학교 시절, 나의 놀이터는 여러 그루 단풍나무 사이로 난 작은 공터였다. 아파트 단지가 조성된 지 오래된 덕분에 단지 입구부터 끝까지 가로수가 늘어서 있었다. 공터의 나무들은 키 크고 잎이 울창해서 여름이면 잠자리채로 매미 잡기에 바빴다. 비가 내리는 날이면 흙을 파서 지렁이를 잡는 데 여념 없었다. 아파트 후문으로 나가면 한강 고수부지(한강공원을 일컫는 말. '부지'가 일본식 한자라는 의견이 있어서 지금은 한강시민공원으로 불린다)가 나왔는데, 이곳에 자전거 대여점이 생긴 후로는 동네 아이들과 자전거를 빌려 타고 아파트 안을 경주하기도 했다. 해가 맹렬히 내리쬐던 어느 여름, 나무가 울창한 후문 길을 자전거로 달리면, 나무가 우리를 위해 시원한 그늘 터널을 만들어준 기분이었다. 얼굴을 스치던 바람 냄새가 지금도 잊히지 않는다.

　　어느 여름날에는 아파트 공터의 작은 비닐하우스에서 퐁퐁(트램펄린)을 타거나 뽑기를 하며 시간을 보냈다. 겨울에는 얼음 스케이트장으로 변한 그곳을 신나게 누볐다. 그 시절 놀이터는 특정 장소로 지정되지 않았다. 그냥 아파트 단지 전체가 놀이터였다. 아파트 단지 중간에 놀이터가 있었지만 학원에 가기 전 친구들을 기다리는 정도로 쓰였다.

　　어른이 된 지금은 일부러 놀이터를 찾지 않는다. 하지만 최근에 지어진 아파트 단지의 놀이터나 작은 공원에 만들어진 놀이터를 보면 안타까운 마음이 든다. 인공적이라고 할까. 왠지 부담스럽다. 당연한 얘기겠지만 놀이는 즐거워야 한다. 좋은 놀이터는 아이들이 자발적으로 놀이를 만들고 다음 놀이로 이어지게 도와주는 장場이어야 한다. '모험가'이자 '탐험가'로 살 수 있는 아이의 시간은 짧다. 하물며 그 시간이 지나면 영영 다시 돌아오지 않는다. 그러나 지금 어른들이 만든 놀이터는 너무 획일적이고 계획적이다. '이곳에서 이것만 해' '이렇게 놀아야 해'라고 강요하는 것 같다.

우리 아이들이 탐험이나 모험을 할 수 있는 장소가 많아지기를 바란다. 그런 공간은 어른들이 굳이 이름을 붙일 필요도 특정 기구를 만들 필요도 없다. 그저 자연스럽게 놀이의 연속성이 생길 수 있게 단순한 구조물과 공터만 있으면 충분하다. 그 속에서 아이들은 친구를 만들고 놀이를 창조할 것이다. 계획하지 않았던 일과 부딪힐 것이다.

나의 어린 시절을 아름다운 추억으로 만들어준 아파트 단지는 재건축되어 사라졌다. 오랜 때를 벗고 새로운 브랜드의 아파트가 들어설 모양이다. 몇 천 세대가 살았던 무수한 콘크리트 속 추억은 또 다른 추억을 만들어가고 있다. 시원한 그늘 터널을 만들어주었던 나무들과 그 사이를 달리던 아이들로 가득했던 공간은 이제 새로운 시간을 맞이하려 한다.

29

Street Windows

도로에 면한 창

네덜란드에서 찾아볼 수 있는 흥미로운 현상 중 하나는 커튼 없는 커다란 창문이다. 네덜란드 사람들은 낮이고 밤이고 커튼을 열어둔다. 당연히 집 내부가 훤히 들여다보인다. 좁고 기다란 평면 구조로 지어진 네덜란드의 집은 1층에도 커다란 창문이 있어서 인테리어를 그대로 보여준다. 마치 행인을 위한 쇼윈도라고 할까.

자료에 따르면 약 1950년대부터 이렇게 커튼을 열어둔 채로 살아왔다고 한다. 1991년 철학자 안톤 반 후프Anton Van Hooff는 《NRC》라는 신문에 이러한 주거 환경이 확립된 두 가지 이론을 제시했다. 첫 번째는 개신교 칼뱅의 영향을 받아 개인의 사적인 영역이 공적인 대중 영역의 행동으로 표현된 것, 두 번째는 새로운 살림과 자신의 생활수준을 이웃에게 보여주기 위해서라고 적은 것이다.

2006년 힐제 반 더 호르스트Hilje van der Horst와 얀티네 메싱Jantine Messing의 연구는 다른 이유를 제시한다. 두 사람은 이웃과의 관계와 이웃의 행동이 커튼을 열어두게 된 결정적 요인이라고 분석했다. 이웃과의 교류가 적은 지역에서는 커튼을 닫고 생활하는 경우가 많고, 이웃과의 관계가 좋을수록 꽃, 화병, 작은 장식을 이용해 창문을 장식하는 데 더욱 신경

179

을 쓰게 되었다는 것이다.°

2017년 로테르담의 비영리 재단 '아프리칸더베이크 코어퍼레이티브 Afrikaanderwijk Cooperative'가 주최한 워크숍에서 한 역사 문화가는 "개방된 창문을 통해 사람들이 더 안전하다고 느낀다"고 말했다. 제2차 세계대전 1939-1945 동안 사람들은 커튼을 친 채로 생활해야 했지만, 전쟁이 끝나고 그런 삶을 원하지 않았다는 말도 덧붙였다.°°

이러한 사례를 종합할 때 네덜란드에서 집 커튼을 열고 생활하는 것은 사람들에게 "나, 잘 지내고 있어요"라고 말하는 건지도 모른다. 실제로 열려 있는 창문을 통해 가족끼리 식사하는 모습, 책을 읽는 모습, 소파에 앉아 텔레비전을 보는 모습을 볼 수 있다. 해가 저무는 저녁에는 집 안의 조명 덕분에 내부가 더 잘 보인다. 내게도 그들이 집에서 무얼 하며 사는지 관찰하는 게 즐거움이었다. 유학 시절 어쩔 수 없이 찾아오는 한국에 두고 온 가족을 향한 그리움을 '창문 안 삶'을 통해 달랠 수 있었다.

물론 한국에서는 이웃에게 삶을 노출하는 모습을 보기 힘들다. 아파트 창문으로 보이는 이웃의 삶은 커튼이나 블라인드로 닫혀 있는 요새 같다. 옆집과의 교류마저 흔치 않은 게 우리의 현실이다. 아무래도 우리는

○   에라스무스 국제학생연합회 유트레흐트(ESN Utrecht) 블로그에서 인용(Vera, 23 Jan, 2017, https://esnutrecht-blog.com/2017/01/23/whats-up-with-this-no-curtain-policy-in-dutch-homes/)

○○   'Home for a moment' https://youtu.be/UDSyU-9xhOo

개방보다는 폐쇄에 가깝다.

　사람을 관찰하는 걸 즐기는 나의 천성 때문인지, 아니면 네덜란드에서의 습관 때문인지 지금도 나는 종종 '타인의 삶'을 관찰한다. 그러다 보니 우리와 다른 그들의 주거 문화를 엿보는 호기심을 충족시켰던 유학 시절이 그리워진다. 서울에서는 내부를 볼 수 있는 집을 찾는 게 쉽지 않고, 우연히 타인의 집을 보게 되어도 비슷한 구조, 비슷한 취향이어서 흥미가 사라지는 게 사실이다. 도시의 이미지는 도시에서 살아가는 사람들의 삶과 닮아 있다는 걸 새삼 느낀다.

30

Public Space in Local

지역 공공 공간

"집 앞에 놀이터가 있어요. '옹달샘 놀이공원'이라고 부르는
조그마한 놀이터인데 얼마 전 주민들이 모여서 '놀이공원을
어떻게 활용할 것인가'란 주제로 회의를 열었어요. 낮에는
동네 아이들이 노는 공간이지만 어른들의 회의 장소로
사용될 수 있구나, 라고 생각했어요. 솔직히 동네에 모일
만한 공간이 없잖아요."

─ 최화영, 30대, 한국

초등학교를 졸업하고 서울에서 경기도 신도시로 이사했다. 새로 이사한 아파트 단지는 주기적으로 반상회를 개최했는데, 자원하는 몇몇 집에서 돌아가며 열리곤 했다. 매달 참여하는 인원은 달랐지만 고정 인원이 있다 보니 매달 거르지 않고 진행되었다. 무엇보다 세대수가 많아서 일 년에 한두 번만 집을 개방하면 되니 어려운 일이 아니었다. 우리 집에서 반상회가 열리는 날이면 어머니는 빨대를 꽂은 요구르트와 과일을 준비하셨다. 어떤 내용이 오갔는지 어린 나는 기억할 수 없지만, 집에서 반상회가 열리는 날이면 분주하게 청소하던 어머니의 모습이 지금도 선명하다. 할아버지 제사나 일가친척들이 모이는 날에만 사용하던 커다란 검은색 상이 거실 중앙에 활짝 펼쳐졌던 기억도 또렷하다.

신축 다세대 주택이었던 신혼집은 1층은 카페, 2층은 주택을 분양하고 관리하는 사무실, 그리고 3-5층은 주거 공간으로 이뤄진 곳이었다. 우리는 3층에 거주했는데, 건물에는 총 14세대가 입주해 있었다. 그런데 입주하고 두 달이 못 되어 관리비 문제가 생겼다. 터무니없이 많은 금액이 나와서 놀란 마음에 관리사무소로 연락했지만, 계량기 문제가 아닌 이상 다음 달에도 같은 일이 생길 수 있어서 대책이 필요했다. 이 문제가 우리 집에서만 일어난 건지도 궁금했다. 이 사태를 어떻게 해결할지 남편과 고민하다가 관리비 문제를 논의하고 이 기회에 차 한 잔 나누며 얼굴도 뵙자는 내용을 포스트잇에 적어서 모두가 볼 수 있는 곳에 붙여두었다. 우리 부부의 연락처도 남겼다.

그날 저녁, 몇 분에게 메시지가 왔다. 자신들도 이달 관리비로 고민하고 있었다며 시간을 정해서 모이면 좋겠다는 내용이었다. 그렇게 우리 집을 포함해서 세 가구가 건물 1층 카페에 모였다. 카페는 건축주가 운영하는 곳이었는데, 입주자는 한 달에 열 잔씩 무료로 음료를 마실 수 있어서 최적의 장소였다. 그렇게 건물에 함께 사는 분들과 얼굴을 마주하고 관리사무소와 관리비 문제를 무리 없이 해결할 수 있었다.

그 일을 겪으며 평소 대수롭지 않게 여겼던 1층 카페가 마을의 사랑방역할을 할 수 있다는 것을 깨달았다. 집으로 손님이 찾아올 때마다 우리집 거실 역할을 해주었음은 물론이다. 아쉽게도 카페는 집 계약이 끝나는시점에 문을 닫았지만 밤이 늦도록 불을 밝히던 그곳이 오래도록 마음에남아 있다. 마을의 쉼터 같았던 카페 때문일까. 그 시절 집에 대한 기억은 3층 우리 집을 넘어 동네 어귀 골목으로 이어진다.

평생을 완성하는 마음으로 살아가는 공간, 집

이 책을 완성하는 지금 저는 대만 타이베이의 작은 호텔 방에 머물고 있습니다. 지금과 같은 혼돈의 상태가 이렇게 오래 지속될 거라 예상하지 못했습니다. 2020년 초에 이메일로 받았던 전시 참여 초대에 응한 뒤, 1년여간 온라인 화상 미팅으로 주고받은 이야기들을 곧 '현실'로 맞이하게 됩니다. '도시'를 주제로 한 이번 전시에서도 '집의 감각'을 찾기 위해 만나게 될 새로운 이야기를 기대합니다. 지금 머물고 있는 호텔 방도 이제는 제법 집처럼 느껴집니다. 익숙한 노트북과 여기저기 놓인 저의 물건들이 안정감을 줍니다. 이 작은 공간에서의 일상도 매일 반복되며 익숙해져갑니다. 사실, 자가 격리 이후 낯선 도시에서의 적응이 제일 걱정되지만요. 창문 밖으로 매일 마주하는 도시의 풍경은 여전히 스크린 속 풍경처럼 어색하기만 합니다. 실제로 격리 기간 동안 할 수 있는 일은 스크린 속을 헤매는 일이었습니다.

작년 한 해의 대부분을 그렇게 보내고 보니, 이제는 스크린을 통해 누군가를 만나는 일이 익숙해졌고, 여행을 다니는 일마저 가능해진 것

같습니다. '산책Walking'이라는 제목이 달린 동영상을 보다보면 어느새 어느 도시의 특정 지역을 간접적으로 체험하고 있으니 말이죠. 낯선 도시와 친숙해지는 방법은 그저 많이 걷고 그날의 목적지에 가기 위해 여러 번 길을 잃어보는 것뿐입니다. 하지만 지금은 가보지 못하는 그곳을 누군가의 시선을 통해 시청각만으로 감각하는 일도 꽤나 즐겁습니다. 마치 땅에 발을 내딛기 전 필요한 준비 운동 같은 느낌입니다. 부디 준비 운동이 실전에 도움이 될 수 있기를 바랍니다.

2013년부터 진행한 '집'을 주제로 한 워크숍을 글로 남깁니다. 처음 워크숍을 시작할 때의 '첫 마음'을 잊지 않겠다는 약속을 지키고 싶었습니다. '공간'을 다루는 사람에게 필요한 마음을 단단히 다지고 싶었습니다.

'집'이라는 공간을 다른 시각으로 조명한 프로젝트나 매체가 많아졌습니다. '집'을 주제로 일하는 저 같은 사람에겐 반가운 일이 아닐 수 없습니다. 많은 사람들이 집이 안겨주는 풍요로움을 느끼는 것, 집에 관한 각자의 경험을 공유하는 일이 앞으로 더욱 많아지길 기대합니다.

이 책은 '집'이라는 공간을 조금은 다른 시각으로 보자는 새로운 제안입니다. '집'이라는 단어로 이야기하지만 나의 '동네' 그리고 '도시'로의 확장을 의미하기도 합니다. 많은 사람들이 쉽게 읽었으면 하는 마음을 짧은 에세이에 담았지만 결코 쉽지 않은 일이었습니다. 우선 2013-2014년 유럽에서 건축 비엔날레와 미술, 디자인 전시를 참여하며 만났던 사람들과 나눈 대화에서 키워드를 만들었습니다. 2015년 서울에 돌아와 다양한 연령층의 사람들을 만난 경험도 붙였습니다. 2017년 네덜란드 로테르담의 비영리 기관 아프리칸더뷔에이크 코어퍼레이티브에서 주최한 워크숍도 유용한 자료가 되었습니다. 그곳에서 3개월간 머물며 정리한 키워드가 이 책의 원동력이 되었습니다.

'집'은 사회의 모습과 개인의 서사에 따라 달라집니다. 집에 관한 사람들의 각기 다른 이야기를 도구 삼은 워크숍은 다양한 모습으로 증축되었습니다. 집을 주제로 한 우리의 이야기는 지역의 부족한 놀이터 공간이나 마을 쉼터로 확장되었습니다. 내가 꿈꾸는 혹은 가족이 꿈꾸는 미래의 집을 향한 소망도 그렸습니다.

워크숍을 진행하며 저는 특정한 형식을 고집하지 않았습니다. 대화의 소재나 주제도 제한을 두지 않았습니다. 짧은 만남을 통해 사람들이 생각하는 집에 대한 이야기를 많이 듣고 싶었습니다. 덕분에 우리는 집이라는 공간을 다시 생각할 수 있었습니다. 글쓰기와 워크숍에 참여해준 모든 분에게 다시 한 번 감사의 말을 전합니다.

이 책을 정리하며 집이라는 공간은 단순한 요소로 정의되는 곳이 아님을 새삼 깨달았습니다. 바람, 빛, 자연을 세심하게 품어주는 건축이라는 물리적 요소, 공간을 애정 어린 시선으로 가꾸는 사용자의 노력, 그리고 특별하지 않지만 하루하루 겹겹이 쌓여가는 일상이 만나는 공간이 '집'이라는 사실을 알았습니다.

그렇습니다. 집은 평생을 완성하는 마음으로 살아가야 합니다. 하지만 우리는 집을 크기나 재산 가치를 기준하여 바라보는 게 사실입니다. 부디 이 작은 책이 '나'라는 진정한 자아가 편안하게 쉬는 공간으로 집을 바라보는 계기가 되기를 소망합니다. '집'을 주제 삼아 일하고 살아가는 저 역시 그런 공간을 만들어가겠습니다. 그 일이 힘에 부칠 때마다, 그래서 힘이 필요할 때마다 이 책을 펼쳐보려 합니다. 일상을 꾸준히 바라보는 일을 게을리하지 않기. 책을 덮으며 작은 약속을 다짐합니다.

김민선

워크숍 참가자

Gjis van Bronckhorst, Essan Boston-Mammah, Nadine, Magdalena, Jammy Zhu, Sai Shu, Nuri Jeong, Wonyoung Park, Anna, Frida, Pietro, Wim Sanders, Treep, Katerina, Hanna, Andre Alres, Melissa and Onno, Yuting Sankuan, Maria, Lfiyenia, Katerina Salonikidi, Lotti tlesper, Tinehe, Carlos Lourenco, Corinne, Jan nass, Xabi, Nina, P.J. Westerink Palms, Koen Klok, Clemena Boru, Esra Gaelayan, Chris Boekel, Melle Smets, Hilde Westerink, Mautgiu Kenlueh, Wim sanders, Giulia Magnani, Maztin Oostens, Anne van Veehe, Peter, Marina van den Bergen, Martin, Photini Mermyga, Job Lee, Lizanne, Frida, Lilith, Claudia & Didier, Pietro, Emma, Haewon Lim, Marco, Elizabeth, Marja van der Burg, Hans & Jeannette Zoon, Tessa Logcher, Xandra Van Merrieboer, David Dansou, Marianne Van Den Heuvel, Mahmoud Ragheb, Sabien Verhoeven, Chunyang Leng, Asim Deen, Elisa Steketee, Machiel Beijaert, 김민지, 최성우, 김기수, 오재형, 구래연, 박예슬, 강민주, 이인규, 장미란, 김수나, 최화영, 방사민, 이가은, 윤종희, 김희자, 윤혜미, 민혜기, 엄병섭, 서수명, 천애영, 김소래, 지원, 승준, 준현, 효정, 시우, 우진, 윤호, 건호, 강민, 그 외 참여해주신 분들.

193

집의 감각
FEELING
AT
HOME

- 네덜란드에서
서울까지,
어느 공간 디자이너의
집 이야기

초판 1쇄 인쇄 2021년 8월 30일
초판 1쇄 발행 2021년 9월 20일

지은이 김민선
펴낸이 정상우
주간 윤동희
편집 김민채
디자인 석윤이
관리 남영애

펴낸곳 그책
출판등록 2007년 11월 29일(제13-237호)
주소 (03496) 서울특별시 은평구 증산로9길 32
전화 02-333-3705 팩스 02-333-3745
이메일 openhousebook@naver.com
페이스북 facebook.com/thatbook.kr
인스타그램 instagram.com/that_book

ISBN 979-11-88285-96-9 03810

그책은 (주)오픈하우스의 문학·예술 브랜드입니다.